ベリーズ文庫

ドSな年下御曹司が従順ワンコな仮面を被って迫ってきます

～契約妻なのに、これ以上は溺愛致死量です！～

佐倉伊織

STARTS
スターツ出版株式会社

目次

ドSな年下御曹司が従順ワンコな仮面を被って迫ってきます
～契約妻なのに、これ以上は溺愛致死量です！～

私をもてあそぶ旦那さま

ホテル『アルカンシエル』のロビーの片隅では、ゴールドとシルバーのオーナメントが飾られた、シンプルで上品なクリスマスツリーが存在を主張している。

耳に響いてくるのは、ピアノの生演奏。これはシューベルトのアヴェ・マリアだ。

今日は恋人たちが愛をささやき合うクリスマスイブ。最高に心地よい空間にせっかく足を踏み入れたのに、ため息が漏れる。嫌な仕事をひとつこなさなければならないからだ。

私はラウンジに向かい、目当ての人を見つけて近づいていった。

「矢部《やべ》先生。お待たせして申し訳ありません」

製薬会社でMR（医療情報担当者）――いわゆる営業をしている私、真野香乃子《まのかのこ》は、取引先のドクターの前に立ち笑顔を作った。

「君は誰だね？」

太い眉を寄せる四十代半ばの内科医、矢部先生は、私の担当病院のドクターではなく、初対面だ。

二十九歳になった私の三つ後輩の女性MR、細川《ほそかわ》さんが担当するクリニックの先生で、普段は物腰柔らかだけれど、不機嫌なときはすぐにわかる感情の起伏の激しい人らしい。

クリスマスイブの今日、ホテルのラウンジで話をしようと誘われて困った細川さんから相談されて、私が代わりにやってきたのだ。

いつもよれよれの白衣がトレードマークらしい彼が、一介のMRに会うだけのためにスーツを纏《まと》っているのは、間違いなく下心でいっぱいなのだろう。

「失礼いたします」

私は対面の席に座り、名刺を取り出した。

「いつも細川がお世話になっております。私、天邦《てんほう》製薬、新薬部一課の真野と申します。細川が体調を崩しまして、代わりにまいりました」

もちろん、細川さんが体調を崩したのは真っ赤な嘘《うそ》。彼女は今頃、恋人とのデートを楽しんでいるはずだ。なにせ、私がそうするように促したのだし。

「体調を……。それならそう連絡してくれればいいのに」

「申し訳ございません。わざわざこんな素敵な場所にお誘いいただいたからには、きっと重要なお話に違いないということで、代わりに私が承りにまいりました。本日はどういった――」

「もういい」

どうやら私では不服らしい。

細川さんは小柄で目がくりくりとしていて、小りすのように愛らしい。一方私は、百六十七センチと女性にしては身長高めで、スカートよりパンツが似合うとよく言われるように、タイプが違う。

矢部先生のお眼鏡には適《かな》わないのだろう。妻子ある彼は、もちろんこちらからお断りだけれど。

「矢部先生」

立ち上がろうとした先生を呼び止めると、不機嫌全開の目でにらまれてしまった。しかし、怖くもなんともない。

「本日はどのようなご用件でしたでしょう。上司に報告しなければなりませんので、お聞かせ願えますか？」

大事な後輩を毒牙にかけようとした彼に、内心、はらわたが煮え繰り返っているものの、笑顔は崩さずに問う。

「は？」

「細川が降圧剤のご案内をしているようですが、ご採用いただけるのでしょうか？」

そんなわけがないとわかっているが、わざと尋ねる。

「そんなもの買うか！」

矢部先生が声を荒らげるので、周囲の視線を浴びてしまった。

せっかくのロマンティックな雰囲気を壊して申し訳ないけれど、私は注目されたほうがありがたい。暴言を吐かれても、証人ができるからだ。

「そうでしたか。今後、担当を替えてクリニックのほうでお話を――」

「担当替えだと？」

彼はあからさまに眉をひそめるけれど、当然だ。既婚者の矢部先生とあらぬ噂《うわさ》を立てられたら、細川さんが余計な批判を浴びる羽目になる。

「はい。弊社では先生からの個人的なお誘いはお断りするようにと厳しく指導されておりまして」

今日の面会が仕事ではなく、プライベートなお誘いだったのはわかっていますよ？という意味でそう伝えると、彼の眉尻が上がった。

「お前、なにさまだ。お前のところの薬、全部不採用にしたっていいんだぞ」

「それは困ります」

眉をひそめてわざと大げさに食いついてみせると、矢部先生は勝ち誇った顔でにやりと笑う。

「だったら担当は今まで通り──」

「それはもっと困ります」

今度は平然とした顔で言った。すると彼はギョッとして固まっている。

そもそもこのクリニックの売り上げはたいしたことがない。

おそらく細川さんの気を引きたかったのだろう。数剤採用してくれたが、そのくらいマイナスになろうとも、私が別の得意先で売ってくる。

「どうしても細川をとおっしゃるのでしたら、奥さまに今日の経緯をお伝えして──」

「MRの分際で、私を脅すのか?」

感情のコントロールがうまくないというのは本当らしい。激高する矢部先生は、私の胸倉をつかんだ。

「他人《ひと》の女になにしてる」

どすの利いた声が耳に届いて、ハッとする。

だってこの声の持ち主は……。

「汚い手を放せ」

凍った表情で矢部先生の腕をひねり上げたのは、同じ一課の御堂裕一郎《みどうゆういちろう》くんだった。

やっちゃった……と思いつつも、彼のことだからなるようになるでしょうという楽観的な気持ちにもなる。

それにしても、どうして私がここにいるとわかったのだろう。

「放せよ。なんなんだ。お前は誰だ」

騒動が大きくなり、ホテルマンが数人近づいてきたからか、矢部先生は動揺している。警察沙汰にでもなって、奥さまの耳に入ったらまずいに違いない。

「彼女の夫ですが」

ぱっちりとしたアーモンド形の目を細くして抑揚のない声で言い放つ裕一郎くんは、相当怒っている。彼は怒りのエネルギーが大きいときほど、冷静になるからだ。ただし、ある点を超えたら誰にも手をつけられない。ポーカーフェイスで相手をとことん追い詰める。

「夫？」

「あなた、私の妻に性的な嫌がらせを働こうとされましたね」

「性的な嫌がらせ？」

「セクシャルハラスメントです。警察を呼びましょう」

どうやらすでに臨界点を迎えているらしい。純度百パーセントの怒りがあふれ出てくるのが見えるかのようだ。

「待て。そんなことはしてない」

「彼女の胸に触れたのをこの目ではっきり見ましたが」

「そ、それは洋服をつかんだだけで」

「まったく触れていないと言いきれますか？　それに、妻の洋服をつかむ理由がどこにあるのでしょう」

少し長めの前髪をかき上げて、理詰めで崖っぷちに追い詰める裕一郎くんは、表情ひとつ変えない。一方矢部先生は、明らかに顔色が悪くなってきた。

裕一郎くんは頭の回転がすこぶる速い人で、こうなったら独壇場《どくだんじょう》。難関の医師国家試験を突破してきたドクターでも、おそらく敵わない。

「それは、先にこの女が」

「俺の妻をこの女呼ばわり？」

視線を尖《とが》らせる裕一郎くんの声が一段低くなったからか、矢部先生の顔が引きつった。

矢部先生が地獄に落ちる姿をこのまま見ていたいところだけれど、そろそろ助け舟を出すべきだろうか。

「矢部先生、細川が個人的に先生とお付き合いをすることはございません。今後、細川には一切コンタクトを取らないでください。代わりの担当者は――」

「私が先生のクリニックを担当いたします。これからどうぞよろしくお願いします」

課長に相談して次の担当者を決めてもらおうと思っていたのに、裕一郎くんが勝手なことを口走る。

ただ、最適な人物なような気もするので、止めないことにした。

「は？」

「申し遅れました。私、天邦製薬、新薬部一課の御堂と申します。奥さまがクリニックで事務を担当されているとか。今度ぜひご挨拶させてください」

裕一郎くんは、これまでとは違い営業スマイル全開で語るが、矢部先生にとっては最悪のひと言となっただろう。天邦製薬を切るようなことがあれば、今日の出来事を奥さまの耳に入れるぞと脅しているも同然だ。

「夫婦そろって最悪だ」

「これでも私たち、営業成績ワン、ツーコンビです。どうぞお見知りおきを」

裕一郎くんが余裕の顔で言い放つと、チッと下品な舌打ちをした矢部先生は逃げるようにラウンジを出ていった。

「あー、花束をお忘れだ」

あきれ声で言う裕一郎くんは、イスに残されていた小さなブーケを手に取った。

「女を口説くのに、しょぼいんだよ」

「素が出てるよ」

私が指摘すると、彼はにやりと笑った。

「香乃子の前で取り繕う必要ある？　それより」

花束をテーブルに置いた裕一郎くんは、前髪をかき上げて存在感のある目でにらんでくる。

「なにが、ちょっと得意先に行ってくるだ。俺が来なかったらどうするつもりだったんだ」

これだけ人の目があればどうにでもなったと思うけれど、わざわざ足を運んでくれた彼にそんな野暮な返しはしない。

「ごめんなさい。でも、どうしてここだとわかったの？」

「俺の観察力を舐《な》めるな。今朝からずっと細川とこそこそ話してるから、なんかあると思って、営業から戻ってきた細川から聞き出したんだ」

そんなに観察されてるの？

「香乃、ちょっと引いただろ、今」

彼は時々私を〝香乃〟と呼ぶ。裕一郎くんだけの特別な呼び方だ。

「どうかな」

曖昧《あいまい》に濁すと、彼は立ち上がった私の腰をすっと抱いた。そして私の緩いパーマのかかった長い髪をそっとかき上げ、耳元に口を近づけてささやく。

「俺の愛を受け止めきれないなんて、未熟だな」

「え……」

「今日、なんの日か知ってるだろ？」

もちろん、知っている。でも、嫌な予感がしてうなずかないでおいた。

「朝までたっぷり愛し合う日だ」

「ち、違うと思うよ？」

ああ、目が輝いている。冗談でもなんでもなく、おそらく本気だ。

「せっかくホテルに来たから宿泊したいところだけど……」

「今日はさすがに満室でしょ」

「だな。今度ゆっくりリベンジしよう。それじゃあ、フレンチにでも行こうか」

彼は私の背を押して促すけれど、今日はホテルだけでなくレストランも予約でいっぱいではないだろうか。

「レストランも無理じゃない？」

「個室をご用意しております」

「え……？」

予約してあるの？

そんな話は初耳だ。

「俺を誰だと思ってるんだ」

したり顔で語る彼に噴き出してしまう。けれど、彼は気配りができる優秀な人だ。仕事でもプライベートでも。

「早く食べて早く帰ろう。今日は朝まで――」

「もうわかったから」

誰かに聞こえていないかひやひやしながら遮ると、彼はにやりと笑う。

「あっ……」

しまった、と思ったけれどもう遅い。

「やっぱりわかってるんだ。今日、なにする日か」

「そういう意味じゃなくて」

「はいはい、恥ずかしいんだね。しょうがないから、今は黙ってあげる」

私をグイグイ引っ張り、ときにはあたふたさせる彼は、実は私よりひとつ年下だ。

身長は百八十四センチもあり、背が高めの私がヒールを履いても、まだ頭ひとつ分大きい。一見すらりとしているけれど、腹筋は六つに割れているし、大胸筋も厚い。スタイル抜群なうえ、顔が小さくとにかく目力がある。

女性の視線を釘《くぎ》づけにする彼が私の夫だなんて、今でも信じられない。とはいえ、私たちの場合はちょっと特殊な結婚なのだけれど。


タクシーを捕まえて、早速レストランへ向かった。最近話題の海沿いのツインタワー内にあるフレンチレストランは、東京の夜景を一望できる。

「個室が予約できたなんて……」

「愛の力だ」

対面に座る彼は涼しい顔をしているけれど、かなり前から準備してくれていたに違いない。

「あ、愛の力って……。愛でなんとでもなるなら苦労しないわよ」

恥ずかしげもなく『愛の力』と言う彼を前に、照れくさくなった私は反論してしまった。

「香乃子は余裕で構えていればいいんだよ。俺が香乃子の愛を得るのに四苦八苦するだけ」

「そんな……」

余裕なのは、あなたでしょう？

私は彼に少し触れるだけで胸を高鳴らせているのに、彼は平然とした顔で私の腰を抱いたり、不意打ちのキスをしたりする。まるで、まごつく私を楽しんでいるかのように。

そうされるのが少しも嫌じゃないのが悔しいけれど、特殊な結婚である以上、いつか別れを迎えるのだ。

のめり込んではいけないと必死に線を引いているのに、『俺が香乃子の愛を得るのに四苦八苦する』なんて口にしたりする。まるで〝自分は愛しているのに〟とでも言いたげな彼の言葉に翻弄《ほんろう》されて、目が泳ぐ。

「まあ、いいや。そのうちわからせる」

はっ、なにを？

「俺たちのクリスマスイブに、乾杯」

「乾杯」

彼がシャンパングラスを軽く持ち上げるので、私も同じようにした。たったそれだけのことなのに裕一郎くんがうれしそうに微笑むから、ドキッとしてしまう。

「思い出すな。去年のイブ」

シャンパンを口に含んだ瞬間にそう言われ、ゴホッとむせる。

「大丈夫か？」

「うん、平気」

返事をしたものの、視線を合わせられなくなった。

だって去年のイブは……。

裕一郎くんに抱えきれないほどの大きなバラの花束をもらい、文字通り朝まで抱きつぶされたからだ。

「ふたりで夜景を見に行ったよな」

「そうね」

「香乃子は違うことを思い出したみたいだけど」

にやりと笑う彼は、私の脳裏にあの激しいエッチが浮かんだことを確信しているかのように言う。

「な、なんのこと?」

とぼけてシャンパンを口にしたものの、逃してくれるような人ではない。

「食事なんてやめて、早く帰りたい?」

それはあなたでしょう?

妙に色香漂う瞳で見つめられては、体が火照《ほて》ってきてしまう。全身を這《は》う彼の唇の熱さを思い出してしまうからだ。

「食べるよ、もちろん。鴨《かも》肉のコンフィ」

コンフィとは低温の油でじっくり煮た料理だ。以前、別のレストランで私が気に入ったのを覚えていて、ここをチョイスしてくれたのかもしれない。

「そうだな。デザートはゆっくり味わって食べないと」

そのデザートというのは、ケーキやアイスのことではないだろう。……おそらく私だ。

年下のくせして、彼は私を手のひらの上で転がす。ところが会社ではまったく別の顔を持っていて、そのギャップにいちいち胸が高鳴るから困ってしまう。

いつか別れのときが来ると覚悟しつつ、もうあと戻りできないほど彼に惹《ひ》かれているのだ。

シャンパンを飲みすぎて、ほろ酔い気分でタワーマンションの上層階の一室に帰宅する。ここは彼が所有している部屋だ。二十代ではとても購入できない高級物件だけれど、実は天邦製薬の社長のご令息である彼にとっては、ごく当たり前の日常なのだ。

「ちょっと飲みすぎちゃった」

裕一郎くんがそばにいてくれると気が緩む。彼は少しだらしない私も「かわいいな」と受け入れてくれるから。

三十畳近くある広いリビングに鎮座する四人掛けのソファに寝そべると、私たちが飼っているちょっとメタボな茶トラの猫、エリザベスが寄ってきた。

「エリザベス、ただいまー」

エリザベスを拾ったときは、生まれたての子猫にしては精悍《せいかん》な顔立ちをしており、高貴な雰囲気を漂わせていた。だから〝エリザベス〟と名付けたのだけれど、今や風船のように丸くてその面影もない。

ちなみにメスだと思い込んでいたが、のちにオスだと判明し、名付けには完全に失敗している。しかし、エリザベスという名に反応するようになっていたので、そのままになったのだ。

エリザベスはソファの上に飛び乗り、さらには私のお腹の上に座り込む。

「ちょっと、重いよ」

「ベス、香乃子が好きなのはわかるけど、香乃子は俺のだ」

猫相手に独占欲を発揮する裕一郎くんは、水を持ってきてくれた。すると、エリザベスはぴょんと跳ねてどこかに行ってしまう。

空気を読んだのかと思いきや、ガサゴソ音がしだしたので、おそらく餌《えさ》をもらったのだろう。

「あんなちょっとで酔うなんて、しょうがないなぁ。飲める?」

私よりずっとたくさん飲んだはずなのに素面《しらふ》に見える彼は、アルコールに強い。

隣に腰かけてコップを差し出されたが、起き上がるのが面倒でこのまま横になっていたかった。

「うん」

それでも体を起こしてコップに手を伸ばしたのに、なぜか彼が先に口に運んだ。そして……。

「ん……っ」

口移しで飲ませてくれる。けれど、とっさのことに対応できず、口の端から水が漏れてしまう。

「やば。エロい」

彼はそう言いながら、首にまで伝った水を舌で拭った。

「やっ……」

「ほんとに、香乃はしょうがないね。今日は危ないことをしたお仕置きをしようと思ってたのに、そんな顔されたら……」

裕一郎くんは色情を纏った表情で私を見つめ、顎に手を添えてくる。

「たっぷりかわいがりたくなるだろ」

甘いため息交じりの言葉をつぶやいた彼は、熱い唇を重ねた。

そのままベッドに連れていかれて、ふと気がつけば、シャツを脱ぎ捨てた彼が私の顔の横に手をついて見下ろしていた。

「香乃子。二度と危ないことはするな。たしかにお前は強い。でも……」

裕一郎くんは私の両手首を拘束して、シーツに縫いとめる。

「抵抗できないだろ？」

たしかに、びくとも動かない。酔っていなくても結果は同じだろう。

ただ、今日は人目がある場所だったので大事《おおごと》にはならないと思ったのだ。

「ごめんなさい」

それでも心配をかけたことには違いない。素直に謝ると手の力を緩めた彼は私を強く抱きしめた。

「細川に聞いたとき、俺がどれだけ焦ったかわかる？」

「……うん」

細川さんのピンチをなんとかしなければと突っ走ったが、裕一郎くんや課長に相談すべきだったかもしれない。

「俺を犯罪者にするつもりか？」

「犯罪？」

物騒な言葉が飛び出して驚くと、体を離した彼は私をまっすぐに見つめる。

「香乃に手を出されたら、俺……感情を抑えられる自信ないぞ。一発殴るくらいじゃ済まないかもしれない」

そんなに心配したの？

営業をしていると、セクハラめいた言葉をかけられたり、矢部先生のように個人的に誘ってきたりする人もいる。けれどすべて切り抜けてきたので、うまく対処できるという根拠のない自信があったのだ。

とはいえ、裕一郎くんの言う通りだ。もっと警戒すべきだった。

「本当にごめん」

「心配をかけたお詫《わ》びして」

「ん？」

なんのことかと首をひねると、彼は自分の唇をすっと指で撫《な》でた。

「香乃子からキスして。ちゃんと愛を感じる濃厚なやつ」

「それはちょっと……」

職場では先輩として私がリードすることもあるけれど、プライベート、特にセックスのときに主導権を握るなんて、ハードルが高すぎる。

「ねえ、香乃子。耳が真っ赤なのはお酒のせい？　それとも照れてるの？」

不敵な笑みを浮かべる彼が私の耳朶《みみたぶ》にそっと触れるから、体がビクッと反応する。

「かわいいね。もう感じてる」

「ち、違う……」

「そう？」

彼は私のブラウスの裾から手を入れて、脇腹をすーっと撫でてくる。

「や……」

「感じてないんだろ？」

ドSな彼が降臨した。こうなると、どれだけ逆らっても無駄な努力となる。

「ほら、香乃からキスして。嫌というほどかわいがってあげるから」

色香漂う声で急《せ》かされ、さらに耳朶を甘噛《あまが》みされては敵わない。

「裕一郎」

呼び捨てにすると、彼はうれしそうに笑みを浮かべる。私が彼をこうやって呼ぶのは、体を交えるときだけなのだ。

裕一郎くんは私の額に額をあてて、口を開く。

「どうした、香乃」

「……好き」

はっきり意識はあるけれど、酔っていたことにすればいいやと本音を口にした。すると彼は一瞬目を見開いたあと、かすかに頬を緩める。

「知ってる」

知ってるって……。私は本当の気持ちを口に出したことはないのに。

「ごめん。香乃がかわいすぎて、もう待てないや」

彼はそう言うと、私からのキスを待つことなく唇を重ねた。

「……乃子。香乃子」

どこかで誰かが私を呼んでいる。でも、まだ寝ていたい。

「んー、もうちょっと」

「真野先輩。遅刻しますよ」

「はっ！」

跳ね起きると、すでにシャツを纏っている裕一郎くんがくすっと笑う。

「まったく。クリスマスは国民の祝日にしろって。皆寝不足だろ」

ぶつくさ言う彼は、私を『真野先輩』と優しい声で呼んだ人とは別人だ。

「ごめんな、香乃子。さっき寝たばかりだけど、そろそろ起きないと間に合わない。シャワー浴びるだろ？」

そういえば、あれから何度も貫かれて、朝方まで甘い声をあげっぱなしだった。私は体が重いのに、裕一郎くんはすがすがしい顔をしている。体力お化けだと思っていたけれど、相当だ。

「うん、浴びる」

散らばったままのブラウスに手を伸ばすと、近づいてきた彼にいきなり抱き上げられた。

「ちょっ……」

「いい眺め」

「見ないで」

あらわになった胸を隠したが、彼はにやにや笑っている。

「散々見たから、今さらだ。服出しといてやるから。今日はなにがいいかな」

裕一郎くんは、私の洋服のコーディネートをしたがる。仕事のときはマニッシュなパンツスーツがほとんどだけれど、デートでは一転、ワンピースやスカートを指定してくるのだ。正直、あまりこだわりのない私は、センスのいい彼に助けられている。

裕一郎くんは私を脱衣所に下ろすと、しっかりキスをしてから出ていった。

シャワーコックを開いてから、自分の体につけられた彼の印に驚いた。

「こんなに……」

矢部先生のところにひとりで向かったのが、それほど心配だったのだろうか。昨晩はとにかく激しくて、どれだけ音《ね》を上げても許してもらえなかった。

けれど、ふと口角が上がる。

まるで〝俺のものだ〟と言わんばかりのこのキスマークがうれしいのだ。ずっと裕一郎くんのものでいたいから。

けれど、きっとそうもいかない。

彼のそばにいると、気持ちが上がったり下がったり忙しい。それだけ私の人生において大切な人なのだ。

シャワーから出ると、チャコールグレーのパンツスーツが用意されていた。インナーはブラウスが多いのだけれど、今日はタートルネックセーターが置かれているのに気づいて、笑ってしまう。

「キスマークつけた自覚ありあり……」

首元にもあるそれを、これで隠せということだろう。

髪をバスタオルで拭きながらリビングに行くと、裕一郎くんがドライヤーを用意して待ち構えていた。

「香乃子、あんまり食べられないだろ。野菜ジュース作っといた」

「なんて気が利くの。ありがとう」

二日酔いまではいかないけれど、食べたい気分でもない。

「乾かしてやるから座って」

どうやらすでにジュースを飲んだらしい彼は、私がコップを手にすると髪を乾かし始めた。私の膝にちょこんと乗ってきたエリザベスは、ドライヤーの音が嫌いで逃げていく。

至れり尽くせりの旦那さますぎて、ポンコツな妻で申し訳ない。

「細川の件は、俺が課長の耳に入れておく。細川には説明頼む」

「うん、わかった」

「これでよし。香乃子の髪、いい匂い」

彼は緩いパーマのかかった私の髪をひと束手にして唇を押しつける。

誘うような目をしてそういう仕草をするのは、ドキドキするからやめてほしい。

「トリートメントの匂いでしょ」

「俺も一緒なのに、誰も気づかないな」

実は私たちの結婚は、会社では秘密にしてある。裕一郎くんが社長の息子だということも。裕一郎くんの両親は離婚しており、彼は母方の姓を名乗っているため、誰もそんな想像すらしない。

特別扱いされたくないという彼と、周囲に余計な気を使わせたくないという私の希望で、人事部だけが知るトップシークレットなのだ。そのため私も、旧姓の真野のまま働いている。

「気づかれたら困るでしょ」

「気づかれたら、俺は自慢するけどね」

「危ない発言はやめて」

「はーい、先輩」

彼はにこにこと愛くるしい笑顔を振りまいて返事をする。会社ではいつもこんな感じだ。

「まったく……」

何度夫婦だとバレそうになり、ドキドキしたことか。

「今日、野上《のがみ》行くだろ？」

野上とは私と裕一郎くんが担当している総合病院のこと。大学病院に匹敵するほど規模が大きいため、外科系は彼が、内科系は私が担当している。

ほかにもそれぞれ病院や開業医を受け持っているが、私たちは野上がメインだ。

「うん。まだ挨拶終わってないし」

年末年始は、挨拶回りが多い。

「忘年会とか新年会に誘われたら——」

「わかってる。裕一郎くんに同行してもらう。でも、誘われるとしても第二内科くらいかな……」

以前は製薬会社が宴会費用を全額負担して接待ということが多かったようだが、今は禁止されている。そのため呼ばれることは少なくなったものの、ドクターやナースと仲がいい診療科からは会費制で声をかけられることもあるのだ。

そうした場合、女性ＭＲは男性ＭＲを伴うことが社則で決まっている。もちろん、矢部先生のときのような余計なトラブルを避けるために。

「裕一郎くんも誘われそうなところあるの？」

「うーん、脳外がもしかして……。倉田《くらた》先生と堀田《ほった》先生がちらっとそんな話をしてたんだ。香乃子も行く？」

「私はいいよ」

私は挨拶をしたことがある程度だし。

「来いって言われるかもね」

「なんで？」

「あのふたり、俺が香乃子を狙ってると思ってるんだ。で、お膳立てしてくれようとしてる」

「どうしてそんな……」

なぜ狙っているという話になるのだろう。

「俺が香乃子の話ばかりしてるからじゃない？」

「仕事しなさいよ」

もちろん、仕事をサボっているわけではないのは知っている。なにせ、野上の脳神経外科における我が社の薬の使用量は目を瞠《みは》るものがあるからだ。それに、そんな話をするくらいドクターとの距離が近いという証《あかし》だろう。

「香乃。今日は髪を下ろしていけよ」

「なんで？　……あっ」

もしやタートルネックでも隠れないキスマークがある？

「ここ、ついてるから」

彼は私の髪をかき上げて、首に唇を押しつける。

「ちょっと……」

「あれっ、その気になった？」

「ならないわよ！　そろそろ行くよ」

「はい、先輩。かしこまりました」

幾分か声を高めにして言う彼は、口調まで柔らかい。私をリードしてもてあそぶ男の顔から、かわいい後輩の顔に付け替えた彼と一緒にマンションを飛び出した。

天邦製薬は、都内の一等地に本社となる自社ビルを構えている。私たちが勤めているのは、七階建てのビルの四階にある新薬部だ。

「おはようございます」

同じ家から通っているとバレないように裕一郎くんから少し遅れて一課に入ると、彼は課長と話し込んでいた。おそらく矢部先生の件だろう。

我が天邦製薬は、製薬業界ではトップ五に入るメーカーだ。

ドクターに薬剤の情報を伝えて売り込むMRは、全社で千三百名ほど。その中でも高い売り上げを誇るのが裕一郎くんだ。私も彼に次ぐ成績ではあるけれど、随分彼に助けられている。最初に裕一郎くんが外科系で採用をもぎ取り、その薬のよさが広まって私が担当する内科系でも採用に至ることがしばしばあるからだ。

私たちが所属する本社新薬部一課は、課長も含めて二十二名。東京都の一部の病院やクリニックを担当している。

〝病専〟と言われる大きな病院だけを担当するベテランMRから、細川さんのように開業医だけを担当している〝医専〟のMRまでそろっており、私や裕一郎くんのように、どちらも担当している人も数人いる。

裕一郎くんの知識や営業力は課長もうなるほどで、そのうち営業の要となる大学病院担当になるのではないかと噂されている。もともと賢い人ではあるけれど、努力の人だ。

彼の本棚には、医学書や文献があふれていて圧倒される。

私がわからない症例について尋ねると、その莫大な数の書籍や文献から迷うことなく必要なものをチョイスして渡してくれる。すべて読破し、理解しているのだ。

社長の息子というプレッシャーはもちろんあるだろう。けれど彼は、『知らないことを知るのが楽しいだけさ』と笑っている。

「真野さん、おはようございます」

私を待ち構えていた様子の細川さんが、難しい顔をして駆け寄ってきた。

「おはよ。昨日は楽しかった？」

深刻そうな彼女が気の毒になり、努めて明るく振る舞う。

「……はい。でも、真野さんは……」

「大丈夫。万事ＯＫ。ちょっと御堂くんに手伝ってもらったのよ。今後、矢部内科クリニックは御堂くんが担当することになると思う」

課長のデスクに視線を送って言うと、細川さんは驚いている。

「御堂さんにまでご迷惑を……」

「ああっ、気にしない。細川さんは被害者だよ。それに御堂くん、ノリノリだったから心配なし。先生を脅すから、こっちが冷や汗かいたっていうか……」

「脅す？」

「まあ、ちょっとね。矢部内科クリニックの取引も多分これまで通りだし、細川さんはまた頑張るのみ。御堂くんの得意先とチェンジになるはずだから、あとで課長から指示をもらってね。癖のないクリニックをくれると思うから」

ドクターにもいろんな人がいて、気難しい人もいれば、とにかく優しい人もいる。裕一郎くんのことだから、細川さんに困難な得意先を回したりはしないだろう。

「本当にありがとうございました。私も真野さんみたいにうまくかわせればいいんですけど……」

「私の真似はやめておいたほうがいいよ。きっと、彼氏が心配するから」

私は昨晩の裕一郎くんを思い出して言った。

「そうですか……」

「うんうん。頼れる人を頼ればいいんだから。ね?」

なんて、多分私が一番、他人に頼るのが苦手だ。なんでもひとりで解決しなければ、生きてこられなかったから──。

「はい。ありがとうございます」

深々と頭を下げてくる細川さんの肩をトンと叩いた瞬間、課長との話が終わった裕一郎くんと目が合い、"解決しました"とアイコンタクトした。

矢部先生の件はこれで一件落着だ。

「おはようございます」

自分のデスクに行き、隣の席の男性MR野呂さんに挨拶をする。四十一歳の彼は医専チームのリーダーをしていて、新人の頃、私を指導してくれた師匠のような人だ。

「おはよ。真野が髪を結んでないの、珍しいね」

そう指摘され、とっさに首のうしろに触れてしまう。これではまるでキスマークを自己申告しているかのようだ。

「ちょっと寝坊して」

いつもはひとつにまとめるかハーフアップにしているので、何気なく指摘しただけだろうけれど、私は冷や汗たらたらだった。

「しっかり者の真野も寝坊するんだ」

「しますよ、そりゃ」

イスに座ると、誰かが背後にやってきた。この香りは裕一郎くんだ。

「野呂さん、そんな野暮なことを聞いたらダメですよ。昨日はイブだったんです。真野さん、彼氏とお泊まりだったんですよね？」

なに言ってるのよ……。

ふたりきりのときの凛々《りり》しい顔や渋い声は鳴りを潜め、表情を緩めて従順な後輩の雰囲気を醸し出す裕一郎くんに、たじたじになる。

「ああ、そうか、ごめん。彼氏か……どんな人？」

「はいっ？」

一緒に過ごした夫が目の前にいるのに、なんと答えたらいいのだろう。

「真野って、彼氏の前だとかわいい彼女なのかな」

「ちょっ……余計なことを考えないでくださいよ」

野呂さんは、私がこういう話を振られても平気だと知っているから遠慮なく深入りしてくる。

「真野さんって、意外と初心《うぶ》なんですね。耳が真っ赤ですよ」

「意外とって、失礼ね！」

裕一郎くんの指摘に、両手で耳を隠して抗議する。

「すみません。かわいいところは彼氏だけが知っていればいいですよね」

にこにこと柔らかな笑みを浮かべて、まったく悪気がないように話す裕一郎くんだけれど、絶対に私があたふたするのを楽しんでいる。

それにしても、この思わせぶりな会話はいつまで続くのだろう。野呂さんだけなら冗談で済むのだけれど、裕一郎くんがいるとそうもいかない。そろそろ心臓が口から出てきそうだ。

「皆してセクハラして。訴えますよ？　はい、仕事！　散って！」

「はーい。頑張ります」

裕一郎くんをにらむと、彼は一瞬にやっと笑ってから自分のデスクに戻っていった。

事務処理を済ませたあと、早速野上総合病院に向かう。今日は薬剤部に裕一郎くんと一緒に顔を出す予定なので、彼の車に同乗した。

「ねえ、なによあれ」

「なにって？」

裕一郎くんは先ほどまでとは違い、キリリとした表情で余裕たっぷりに言う。

「野呂さんに余計なこと言わないで」

「ああ……」

ああって、私を焦らせて楽しんでいたくせして、とぼけちゃって。

「でもさ、実際激しすぎて寝坊したし、髪だってキスマーク――」

「ああっ、もうわかりました」

蒸し返した私が悪かった。平然とした顔で淡々と事実を語られても、恥ずかしいだけだ。

「それに、香乃子のかわいいところは、俺だけが知ってればいいだろ？　野呂さんがわかる必要はどこにもない」

彼はいつも全力で愛情表現をしてくれる。でも、本当に私を好きなのだろうか。

「裕一郎くんって……」

「なに？」

時折バックミラーを確認しながらスムーズに車線変更を繰り返す彼は、どこからどう見てもいい男だ。女子社員からのあこがれの眼差しが日々突き刺さっているのを感じているはず。

このうえ、社長に就任するかもしれないと知られたら、告白の嵐だろう。

「モテるでしょ。なんで私？」

「なんでって、ベスを預かったとき、俺の言うことをひとつ聞くって約束しただろ」

たしかにそう言った。だから彼からいきなり結婚を申し込まれたときうなずいたのだ。というか、うなずかざるを得なかった。

だとしたら、やっぱり愛のささやきなんてただの虚言なのだろう。

わかっていたけれどちょっとショックで、ため息が出そうになって呑《の》み込んだ。

「あのぷよってるベスが、俺たちのキューピッドなんてな」

「あの頃は間違いなく〝エリザベス〟だったんだよ」

「たしかに」

彼は頬を緩めた。

――私たちの出会いは、私が高校三年の春にさかのぼる。

突然夫婦になりました

とある都市銀行の行員として働いていた私の父は、一見真面目そうな人だった。しかし、ある日を境に家に帰ってこなくなり、不倫が発覚。しかもその女性に貢《みつ》ぐために横領事件を起こし、業務上横領で逮捕されてしまった。

その額が少なくとも一千万円と聞いたときは言葉を失い、つましく暮らしてきた母は号泣した。

大きなニュースとなり、連日マスコミが家に押しかけてきては、チャイムを鳴らし続けた。

不倫という裏切りまでされた母は対応できる精神状態でなく、中学二年生だった私が出ていってはひたすら頭を下げる毎日。その後、父と離婚した母と一緒に、逃げるようにして、生まれ育った土地を離れたのだった。

父の裏切りで幸せな生活はあっけなく崩れ去り、それからは必死だった。

自分がしっかりしなければ、母が生きていけない。そんな追い詰められた生活は苦しかったが、泣いている暇もなかった。

母を助けるためにアルバイトを掛け持ちし、高校三年生になってから始めたビル清掃では、帰宅がいつも二十一時を回る。

その帰り、アパートの近くで猫のか細い鳴き声を聞いた私は、暗い中、周辺を探して歩いた。子猫が捨てられているのではないかと思ったからだ。

けれど簡単には見つからず、必死に探すこと三十分。ようやく側溝の中にいるのを発見した。

子猫は衰弱しており、今にも命が尽きそうな状態。鉄製の溝蓋が重くて四苦八苦していたところ、塾帰りの背の高い男の子に声をかけられた。

事情を察した彼は制服が汚れるのも気にせず蓋を持ち上げてくれ、ようやく子猫を抱けたときはホッとして視界がにじんだほどだった。

彼は子猫の呼吸が弱いことに気づき、すぐに動物病院へと一緒に向かってくれた。すでに診療は終わっていたが、病院の隣にある先生の家のチャイムを押し、事情を話して診察してもらうことができた。

一命をとりとめたものの衰弱しきっていた子猫は、それから一週間ほど入院となった。授業が終わると走りに走って会いに行き、その後バイトに向かう日々が続いた。

その間、彼に再会することはなかったけれど、毎日子猫に会いに来ているとは聞いていた。そんな彼とは、退院の日にようやく会えて、改めてお礼が言えた。

動物を飼ったことがなかった私は、十万円もの高額な入院費に言葉をなくした。アルバイトで貯めたお金をかき集めても、七万しかなかったからだ。

「私……十万円も持ってなくて。必ずお返し――」

「俺が払います」

七万円の入った封筒を握りしめて受付の人に話す私の言葉を遮り、あっさり一万円札を十枚置いた彼に驚いた。

制服から、彼が私立高校に通っていることは知っていた。だから、我が家みたいにお金に困るようなことはないのだろう。とはいえ、高校生があっさり支払える額ではない。

その場は彼に甘えて支払ってもらい、子猫を抱いて病院を出たところで、彼にお金の入った封筒を渡そうとした。

「私、真野香乃子と言います。今、七万しかないんです。あと三万、必ず返しますから――」

「俺は御堂裕一郎。お金はいいよ」

「でも」

「それより、こいつ飼えるの？」

痛いところを突かれて、ドキッとする。私が住んでいるアパートでは動物を飼えないからだ。

「うちのアパートでは無理なので、里親を探そうと思ってます」

「そっか」

彼は私から子猫を奪い、愛おしそうに抱きしめる。

「じゃあ、俺が飼ってもいい？」

「飼えるんですか？」

「あー待った。敬語禁止。何年？」

「三年ですけど……」

答えると彼はふっと笑う。

「俺二年。先輩じゃん。顎で使っていいから」

「そんなことしません！」

「だから、敬語禁止」

彼が噴き出すので、私もおかしくなって笑ってしまった。こんなふうに誰かと笑い合ったのはいつ以来だろう。

「飼ってもらえると、すごく助かる。本当は飼い主が見つからなかったらどうしようかと不安だったの」

　ホッとしたせいか、視界がにじむ。

「俺が飼う代わりに、条件がある」

「なんでも言って。バイトもっと増やして餌代も払うから」

「餌代はいらない。ただ、俺も猫を飼うのは初めてだから、協力しろよ。あっ、協力してください、先輩」

「敬語禁止で」

　わざとらしく言い直す彼がおかしくて、自然と笑みがこぼれる。

「もちろん、協力する。ほかには？」

　尋ねると、彼は子猫の頭を撫でながらしばらく考えている。難しい頼みだったらどうしようかとドキドキしていると、彼は私に視線を合わせて口を開いた。

「それじゃあ、俺の言うことをひとつ聞くこと」

「うん。それで、なに？」

「今は特にないから、いつかでいいや」

　そう言う彼に小指を差し出されて、緊張しながら指を絡めて約束をした。

「針千本だからな」

「わかった」

それから御堂くんとの子育てが始まった。もちろん、猫のだ。

名前をつけようと言われ、私が提案したエリザベスに決まった。

「高貴な名前だな」と笑っていた彼も、そこそこ気に入っているらしく「ベス」と呼ぶようになった。

ただし、メスだと思っていたベスがオスだったのは衝撃だったが。

御堂くんの両親も離婚しており、親近感が湧いたのもあってか、すぐに打ち解けた。

彼は母親に引き取られて母方の苗字を名乗っているものの、母が再婚して居場所がなくなったのだそうだ。それで現在は、父親が所有する豪邸の離れでひとりで生活している。

父は完全放任主義らしく、一緒に食事をとることもないのだとか。

エリザベスに会うためにその離れに通うようになったけれど、お手伝いさんまでいる家庭環境には驚き、毎回感嘆のため息をつく私を彼は笑った。

「御堂くんのお父さんってなにやってる人？」

「まあ、一応会社の社長」

ねこじゃらしでベスを遊ばせながら、気のない返事。

「へぇ、そっか」

そんなふうに返しながらエリザベスの餌をカバンから取り出すと、彼は手を止めて私をじっと見た。

「真野さんって変わってるな」

「変わってるって？」

「社長の息子だと知ったら、普通興味津々で根掘り葉掘り聞いてくるぞ。跡を継ぐのかとか、なんの会社だとか、年商まで知りたがるやつもいたな」

そういうものなのだろうか。

「でも、お父さんがすごいだけで、御堂くんがすごいわけじゃないでしょ」

「失礼だな。でも、正解」

彼はくすっと笑っている。

「親子って、切っても切れない縁があるけど……別の人格なのにね」

父を思い浮かべながら言うと、彼は目を見開いた。

「真野――」

いた。

「ごめん、なんでもない。エリザベス、今日は奮発したよ」

ちょっと高級な餌をエリザベスに出してやると、御堂くんはしばらく私を見つめていた。

私は奨学金を満額借りる気で、国立大学に進学を決めた。

母を支えなければと就職も考えたのだけれど、どうしても自分の人生をあきらめられなかった。それは、私や母に迷惑をかけた父への、ちょっとした反発のようなものだったと思う。それに、父のせいで好きな道を歩けなかったと言いたくなかった。

そんな私に手を差し伸べてくれたのも、御堂くんだ。

彼のお父さまが社長を務める天邦製薬で最低五年は働くことを条件に、年間百万円の返済不要の奨学金を出してもらえたのだ。

そもそも優秀な学生を囲い込むための制度としてあったようだが、教えてもらってチャレンジしたら三名の枠に入れて、自分が一番驚いた。

奨学金のおかげで、覚悟していたバイト三昧《ざんまい》にはならず勉強にも励めたし、ときには学生らしく友人と羽目を外したりもした。

大学生活の間も彼の家に通い続け、エリザベスとのひとときを楽しんだ。というより……御堂くんと一緒にいられる時間が心地よかったのかもしれない。

私と交代で受験生になった彼の邪魔をしてはいけないとしばらく行くのを控えていたら、【育児サボるな】とメッセージが来たくらいなので、彼も邪魔には思っていなかったはずだ。

私が大学を卒業して天邦製薬に入社した一年後、御堂くんが、社長の息子だということを隠して同じMRとして勤務すると聞いたときは、目が飛び出そうになった。てっきり最初から経営側の重要なポジションに就くと思っていたからだ。

後輩になった御堂くんの優秀さは、目を瞠るものがあった。

新人のときから先輩たちに間違いを指摘できるほど知識が豊富で、皆驚いていた。営業のセンスも抜群で得意先のドクターからの信頼も厚く、ひとり立ちした直後に、いきなり売り上げを倍増させるという快挙を成し遂げた。

ふたりのときは私を引っ張る頼もしさが前面に出るが、会社では課の雰囲気をよくするためか、かわいい後輩の仮面をかぶり、冗談を言ったり下手に出たり……。そのおかげか、先輩たちにかわいがられている。

私とふたりきりのときの印象とあまりに違うので、ベスの餌を差し入れるために彼の家に赴いたときに指摘すると、「絶対言うなよ」とくぎを刺されたほどだ。

「でも、疲れるんじゃない？」

課の雰囲気なんて、新人がどうにかする仕事ではない。

お手伝いさんが出してくれたコーヒーを飲みながらぼそりと漏らすと、ベスの頭を撫でていた彼の動きがぴたりと止まった。

「覚悟がなければ、天邦には入らない」

その意外な言葉に私の動きも止まった。

つまり、いつか会社を背負うときのためにもう動いているということだろう。たしかに、今の御堂くんであれば、社長になったとしても皆ついてくる。

「でも、真野さんの言う通りだ。すごく疲れる。ただ、俺よりずっと頑張ってるやつを知ってるから」

そんな友人がいるのだろうか。

彼の交友関係についてはよく知らず、あまり深入りしても悪いと思い、クッキーを口に運ぶ。

すると、なぜかじっと見られているのに気づいて、首を傾げた。

「なに？」

「いや、よく食うなと思って」

「まだ二枚目だよ」

そう言いながら、彼への手土産を数えるほどしか持ってきていないことに気づいた。

『気を使わなくていい』と言うからお言葉に甘えていたのだ。

「ごちそうになってばかりでごめん。今度差し入れする」

「あはは。いらない。真野さんは来てくれるだけでいいから」

「ん？」

むしろ、彼の時間を邪魔しているような気がするのに、どういう意味だろう。

「真野さんは遠慮がいらないからな。すごく楽」

「ちょっとは遠慮してくれてもいいよ？」

なんて、私も気を使わず会話できるのが心地いい。

「なんで？」

「なんでって、一応先輩だから」

「はーい。すみませーん」

かわいい後輩の仮面に付け替えた彼はそんな言い方をするけれど、目が笑っている。

「全然反省してないでしょ」

「あたり前だろ」

堂々と認める彼に噴き出す。

やっぱりこの時間は心安らぐ。御堂くんもそうであってほしいと思いながら、残りのクッキーを全部口に放り込んだ。

あっという間にときは過ぎ、御堂くんが入社して四年が経った。私も彼も同じ新薬部一課の戦力となり働いている。

私と御堂くんが成績ナンバーワンを争うようになり、先輩MRからも、「今月はどっちだ？」と言われる。

かといってバチバチぶつかるライバルというわけでもなく、協力し合って成績を伸ばしているという感じだ。

忙しく働いていても、エリザベスの世話はふたりで。

マフィンを持って御堂くんの家を訪ねると彼は不在で、四十代のお手伝いの木村《きむら》さんに部屋に通された。

部屋の持ち主がいないのに勝手に上がるのははばかられたけれど、どうやら御堂くんが待たせておいてほしいと頼んだらしい。

いつもお茶を出してくれる木村さんにもマフィンのおすそ分けをしたあと、駆け寄ってきたエリザベスを抱き上げた。

六キロちょっとある彼はずっしりと重く、御堂くんがダイエットフードを与えると、そっぽを向くらしい。人間もカロリーの高い食べ物のほうがおいしいので、それと同じだろう。

とはいえ、長生きしてほしいので少し我慢してほしいところだ。

「ねえ、ベス。最近御堂くんの様子はどう？　なんかちょっと元気がないんだよね」

相変わらず先輩たちの前ではさわやかな笑顔を振りまき、しかし得意先では引き締まった顔つきでドクターと面談し……暇があれば文献を読み漁《あさ》っている。

一見通常運転で、おそらくほかの誰も気づいてはいないけれど、なんとなく疲れた顔をしているのだ。今にもため息をつきそうというか、なにか悩みがあるのではないかと思わせるような。

高校生の頃から長く付き合っている私には、御堂くんの変化が手に取るようにわかった。

——ニャン。

短く鳴いたエリザベスは、私の手から逃れてお気に入りのクッションの上で目を閉じた。

エリザベスと話せればいいのに。そうしたら御堂くんの心の中を少しは理解してあげられるのではないかと思う。

彼は私が大変なときに支えになってくれたから、今度は私の番だ。しかし、なにに悩んでいるのかわからないでは、手の打ちようがない。

ベスが相手をしてくれないため、本棚から医学書を持ってきて床にクッションを敷いて座り、読み始めた。ここにある本は、勝手に読んでもいいと許可を得ている。

「外科系弱いな……」

野上総合病院の営業で、内科系の疾患についてはかなり知識を得たと思う。けれど、外科系はまだまだ勉強不足だ。

ほかの病院やクリニックでは、外科も内科も関係なく担当しているため、知らないでは済まされない。

もちろん、自社製品やそれにかかわる疾患については学んでいる。しかし、それ以外についても幅広く知っておいたほうがドクターの信頼を得られやすいのだ。

読み進めること二十分ほど。入口のドアが開く音がして御堂くんが姿を現した。

「勝手にごめん」

彼には今日行くと連絡してあったし、お手伝いさんにも通されたので勝手というわけではない。でも、自分の部屋のようにくつろいでいたので、そんな言葉が飛び出した。

「真野さんなら構わないよ。木村さんに待ってもらうように話しておいたけど……」

「うん、聞いた」

そんな会話を交わしながら、ソファに深く腰かけた御堂くんを目で追っていた。

やっぱり変だ。いつもなら軽口のひとつやふたつ叩くのに、視線が定まらず黙り込む。彼の表情がこわばり、空気が張り詰めた。

「なにかあった？」

思いきって尋ねると、ようやく彼は私を見た。けれど、なにも言わない。

「私に手伝えることはある？」

だからそう尋ねた。

自分の人生を一度だってあきらめたことはないけれど、どれだけ努力してもどうにもならないことはたくさんあった。困難が立ちふさがり足が進まなくなると、彼が必ず〝こっちだ〟と手を引いて道を示してくれた気がしている。

年下なのに、私よりずっと大人で立派な御堂くんのためになにかできるなんて、おこがましいことを考えているわけではない。ただ、ひとりで苦しんでほしくなかった。

彼はソファから下りて私の前まで来ると、強い視線で見つめる。いつになく真摯《しんし》な表情に、鼓動が勢いを増していく。

「香乃子」

「えっ……」

初めて下の名を呼び捨てで呼ばれて、息が止まりそうになった。

「俺と、結婚してほしい」

なにを要求されるのかと身構えてはいたけれど、想像の斜め上を行く発言に、頭が真っ白になって声も出ない。

そりゃあ長い付き合いだし、気心が知れた存在だ。おそらく彼もそうだろう。でも、恋や愛という感情があったわけでもなく、そういう雰囲気に一度たりともなったことがない。

「息はしろ」

彼の言葉をきっかけに深呼吸すると、くすっと笑われてしまった。

「けっ、結婚って……」

ようやく言葉を絞り出すと、彼は長い指で私の頬をそっと撫でる。その行為になんの意味があるのかわからなかったけれど、色香を纏う彼の姿に再び酸欠に陥った。

「俺、妻は大切にするよ」

「そ、そうかもしれないけど……」

結婚って、普通は愛し合ってするものでしょう？　私たち、交際もしていないじゃない。

もしかしたら私が知らないだけで、交際ゼロ日婚というものも存在するかもしれない。でも、まさか自分の身に降りかかるとは露《つゆ》ほども思っておらず、次の言葉が出てこない。

「香乃子は俺と夫婦になるの、嫌？」

彼は少し甘えるような声で聞く。

「ちょっと待って……。だって私たち……」

友達でしょう？と口にしそうになったけれど、本当にそれだけだろうか。私は彼を誰よりも信頼しているし、いつの間にかそばにいることがあたり前になっている。求婚されてこれほどドキドキしているのに、ただの友人だとはとても言えなかった。

「私たち？」

御堂くんは私の唇を人差し指でそっとなぞった。その姿があまりに艶《あで》やかで、戸惑いを隠せない。

しかしその後、視線を宙に舞わせる御堂くんは唇を噛みしめた。

「俺、縁談を押しつけられてるんだ」

「縁談って……」

「会社に自分の人生をささげる覚悟はした。それより守りたいものがあったから。だけど、結婚までとは言ってない」

彼の話がよく呑み込めない。

会社に人生をささげるとは、そのつもりはなかったけれどあとを継ぐということだろうか。でも、意志を曲げてでも守りたいものって？

「お父さまに結婚を強制されたの？」

だったらどうして私に求婚したのだろう。

「そうだ。少し前から相手に会えと言われていて。でも、断った。それなのに、週末にその女性を呼んでいるから婚約しろと。ありえない」

私は深くうなずいた。御堂くんの言う通りだ。

「そんな急に……」

「父と母がそうなんだ。母はとある政治家の娘。結婚したのは、新薬の承認に手を回してもらえるようにするためだった」

政略結婚ということ？

「俺にあてがわれたのは、大手銀行の頭取の娘なんだ。融資をスムーズに取りつけられるようにするつもりだろう」

「銀行……」

その単語にどきりとした。父の事件を思い出してしまったからだ。けれど、彼には知られたくなくて平静を装った。

彼は〝あてがわれた〟なんていう、とても婚姻の話をしているとは思えない言葉を使ったが、まさにその表現が正しい。だって、御堂くんの人生を左右する出来事なのに、あまりに適当すぎる。

「そんな女性と結婚させようとしているのに、お父さまが私で許すわけがないでしょ」

私にはなんの地位もない。天邦製薬に利益をもたらすどころか、奨学金を出してもらった側なのだし。

それに私は……由緒正しき家門に嫁ぐにふさわしくない。父が罪を犯しているのだから。

「俺たち、成人してるんだぞ。親の許可なんて必要ない」

「でも！」

「安心して。もう父には好きな人と結婚するから、縁談は受けられないと話してある」

なんて仕事が早い……と感心している場合ではない。

「ちょっと落ち着いて。結婚って、そんな簡単に――」

「落ち着くのは香乃子のほうだ」

彼に香乃子と呼ばれるたびに、心臓がドクンと大きな音を立てる。

落ち着き払っている御堂くんは、年下のくせして私よりずっとしっかりしているのが悔しい。先輩としてなにか解決策を……と思ったのに、ひとつも思い浮かばないのだ。

「会ったこともない女と婚約なんて……」

彼は憂いを浮かべた表情でつぶやく。

突然結婚なんてありえないと思うのと同時に、御堂くんが別の女性のものになってしまうのがとても嫌だ。彼は私の特別な人なのにと心が叫んでいる。

私……本気で御堂くんが好きなんだ。

友達だと必死に線を引いてきたのは、そう思わなければ気軽に会いに来られなかったからかもしれない。

自分の気持ちに気づいてしまった私は、まともに視線を合わせられなくなった。

うつむいて黙っていると、御堂くんに顎を持ち上げられて、目を合わせないわけにはいかなくなる。

「俺は香乃子がいいんだ。香乃子と結婚したい」

「えっ……」

真摯な視線を送る彼に、愛の告白をされていると勘違いしそうだ。

けれどこれは、政略結婚から逃れるための愛のない結婚。簡単にうなずけるはずもなかった。

それに、私には大きな会社の御曹司の妻に収まる資格なんてない。きっとこの先、御堂くんの名誉を傷つける。

「……その婚約から逃れるためなんだよね」

そう尋ねると、御堂くんは一瞬眉をひそめた。その表情にどんな理由があるのかわからず混乱する。

「そんなに簡単にうまくいかないか……。そうだね。政略結婚から逃れるためだ」

彼はなぜか声のトーンを落とし、小さなため息をつく。

「……それじゃあ、その縁談が破談になったら、離婚するってこと？」

ようやく御堂くんへの想いに気づいたのに……。好きな人と結婚までできるのに……。破局が最初から決まっているなんて。

自分で口にしておいて苦しくてたまらずうつむくと、御堂くんが私の手を握るので緊張が走る。

おそるおそる顔を上げると、彼はなぜか難しい顔をしていた。

「こんなことになるなら、もっと早く……」

御堂くんは私の目をまっすぐに見つめたまま、なにやらつぶやくけれど、彼の発言の意味がさっぱりわからない。

「香乃子が俺を嫌いになったら離婚しよう」

「私が？」

「無茶な頼みごとをしてるのはわかってる。そのくらいの主導権は握っていたいだろ？　香乃子が幸せじゃないと俺がつらいから」

どうして御堂くんがつらいの？

さっきから、会話が微妙に噛み合っていない気がする。

「私が離婚しないって言ったら、困るでしょう？」

ドキドキしながら尋ねた。すると彼は驚いたように眉を上げ、その後かすかに微笑む。

「それは、香乃子が俺を好きになったらってこと？」

「そういうわけじゃ……」

もうすでに御堂くんに恋をしているとは言えず、言葉を濁す。

なんだか恥ずかしくなってしまい視線をそらすと「香乃子」と力強く呼ばれて彼を見つめる羽目になった。

一旦強い視線に捕まると、まるで縛られているがごとく動けなくなる。

蛇《へび》ににらまれた蛙《かえる》ってこんな心境なのかしらと余計なことを考えるのは、口から心臓が出てきそうなほど緊張しているからだ。

「言っておくけど、香乃子に結婚を断るという選択肢はないよ」

「なんで？」

「ベスを飼うと決めたとき、俺の言うことをひとつ聞くって約束したよな」

あれを、人生の大きな選択に使う？

「だって、あれは……」

「あれはなに？　結婚は除外なんて条件なかったぞ」

「そうだけど……」

彼がなにを考えているのかわからず、混乱が収まらない。

「とにかく、結婚は決定な」

「えっ、嘘……」

あっさり結婚が決まってしまい、夢でも見ているかのようだ。

でも、きっと母は喜んでくれる。奨学金の受給が決まったとき、御堂くんと一度会わせたけれど、好青年だとすこぶる気に入っていたから。

「あのっ、御堂くん――」

「裕一郎」

「は？」

「香乃子も御堂になるんだ。御堂くんはおかしいだろ」

まさか、裕一郎と呼べと？

「そのままでよくない？」

会社でもそう呼んでいるのだし。

「まさか照れてるの？　かわいいところあるんだ――」

「裕一郎くん！」

指摘がその通りで恥ずかしすぎて、なかばやけっぱちで名前を呼ぶと、彼は噴き出している。

「もうちょっと色気とかさ……」

「ないの知ってるでしょう？」

私に彼氏がいたことがないのは、わかっているはずだ。なにせ、しょっちゅうここに入り浸っていたのだし。

そういえば、彼にはそういう存在がいなかったのだろうか。聞いたことはないけれど、整った容姿と大企業の跡取りというとんでもない武器を持った彼に、彼女がいなかったとは考えにくい。

「色気、ないかな？」

なぜかうっとりしたような目で私を見つめ、そう漏らす裕一郎くんに目を瞠る。

「ないでしょ」

「なんでそんなドヤ顔なんだよ。まあ、いいや」

「えっ……」

勝手にひとりで納得した裕一郎くんがいきなり私を抱きしめるので、息が止まりそうになる。

「俺が引き出してやる」

耳元で甘くささやかれて、カチカチに固まる。

「聞いてる？」

腕の力を緩めて私の顔を見つめる裕一郎くんは、ただただ瞬きを繰り返す私を見てくすくす笑った。

「一応、聞いてるみたいだな。これからよろしく、奥さん」

彼はそう言うと、いきなり私の腰を抱き寄せて額にキスをした――。

かわいい後輩の裏の顔

契約結婚という考えてもいなかった結婚をしたものの、この二年間、かなり幸せに過ごしている。私から離婚したくなる要素などひとつもないのだ。

彼はいつも私を一番に考えてくれるし、しばしば強引ではあるけれど基本優しい。なにより彼をひそかに想い続けている私は、愛をささやいてもらえるたびに幸福を感じている。それがたとえ、夫婦を取り繕うための嘘であっても。

裕一郎くんのお父さまは、強引に結婚したことに怒りを抱いているようだったが、もともと裕一郎くんには無関心だったのもあり、そのうちなにも言われなくなったとか。籍を入れてしまったので、あきらめたのだろう。

入籍後すぐに離れからマンションに引っ越したのもあり、一度挨拶をしたのみで、それからは顔を合わせていない。

そんな状況でよいのかと何度も裕一郎くんに尋ねたけれど、お母さまや彼にひどい言葉を浴びせるモラルハラスメントが原因で離婚に至ったお父さまに対して嫌悪感があるようだ。『母さんを苦しめた父さんの言うことを聞くつもりはない』ときっぱり言いきった。

野上総合病院に到着し、ふたり並んで廊下を歩く。表情を引き締め、背筋を伸ばしてきびきびと歩く裕一郎くんがとてつもなくいい男で、自分の夫だなんて信じられないくらいだ。

「どうかした？」

「な、なんでもないよ」

そんなことを考えていたからか彼に小声で追及されてしまい焦る。

「なんだ。俺に見惚《みと》れてるのかと思った」

この人、他人の心の中が読めるのだろうか。まさにその通りで目が泳いだ。

「仕事中でしょ」

「すみません、先輩。終わったらかわいがります」

「はっ……」

かわいい後輩モードに切り替えた裕一郎くんは、爆弾発言をしてにやりと笑った。

彼はこうやっていつも私を翻弄してはドキドキさせるから手に負えない。

薬剤部に行き、部長の手が空くのをしばらく待つ。ほかにも挨拶に来ているメーカーがいて、ＭＲの列ができていた。

忙しそうに働いている部長が、ちらりと視線を送ってくる。裕一郎くんと一緒に軽く会釈をすると、私たちの前に来てくれた。

「お忙しいところすみません。こちら、先日依頼された文献です。年末の挨拶だらけのようですので、うちはこれで失礼します。今年もお世話になりました」

裕一郎くんはすかさず文献を手渡し、すぐに引く。ここで話し込むMRもいるが、邪魔だとわかっているのだ。

病院が正月休みに入る前の外来は患者が押し寄せるため、薬剤師も走り回っている。そんなときに他愛ない話などしても嫌われるだけ。

「いつも悪いね。今度ゆっくり時間とるから」

「恐縮です。それでは失礼いたします」

私のほうが先輩なのに、ただ隣で頭を下げるだけで終わってしまった。

廊下に出てため息をつくと、裕一郎くんが顔を覗《のぞ》き込んでくる。

「真野さん、なにもできなかったとか思ってるでしょ」

「事実じゃない」

「今日はたまたま俺が文献を頼まれてただけです。薬剤部の部長、真野さんのことすごく評価してるんですから」

にっこり微笑む彼は、プライベートの時間より声のトーンが高い。

「またまた」

慰めてくれようとしているのだろうけれど、裕一郎くんの有能ぶりを見ているとしばしばへこむ。

「本当です。他社の薬剤についてまであれだけ熟知してるMRはいないって。だから、相互作用の問題とか、まず真野さんに聞いてみると話してましたよ。俺は他社のことまで手が回らないから……」

なんて謙遜しているが、彼の知識量は私をとっくに上回っている。私は裕一郎くんに負けてはいられないと、この病院が採用しているあらゆる薬剤についてひと通り学んだからすぐに答えられるだけだ。

「そっか。ありがと」

「気のない返事だな。こんなに愛してるのに、まだ自信ない？」

丁寧な言葉遣いから一転、とんでもない発言が聞こえてきて、不自然に目が泳ぐ。

従順な後輩の仮面はどこに置いてきたのよ。

「……大丈夫」

小声で答えると、裕一郎くんは満足そうに微笑んだ。

そもそも比べる対象が、社内一優秀な彼というのがいけないのだ。その彼と成績では肩を並べているのだから、劣等感を抱く必要もないのだろう。一応、精いっぱいの努力はしているつもりだし。

そう自分に言い聞かせる。

「ちゃんと今晩も愛してあげる」

「寝るよ、今日は」

彼ほど体力はない。連日の寝不足はさすがに体がもたない。

「なんだ……。仕事やる気が……」

「はい、解散。四時に正面玄関ね。遅れても構わないから」

ここからはそれぞれ担当する診療科のドクターのところに顔を出しに行く。私が指示を出すと、後輩に戻った彼は「はーい」とちょっと不貞腐れた返事をした。

◇◇◇

「あの血栓融解剤、問題なく使えてる」

俺が脳神経外科の医局で倉田先生と話をしていると、聴診器を首からかけた堀田先生も隣にやってきて口を開いた。

「救命でも使ってるよね。弟が第一選択にしてると話してた」

堀田先生は双子で、そっくりな弟さんが救命救急医として勤務しているのだ。

話題に上がっているのは、脳梗塞《のうこうそく》のときによく使われる静脈注射についてで、詰まった血の塊を溶かして脳血流を再開させる効能がある。

同じ作用のある薬を数社が販売しており、野上では別のメーカーが採用になっていたが、数カ月前に天邦製薬のものに切り替わった。

「ありがとうございます」

この薬剤は、使える症例とそうでない症例の見極めが重要なので、問題ないということはドクターたちが適切に使ってくれている証でもある。

「血中濃度がＭＡＸになるのって……」

「五十五分後です」

堀田先生の質問に即答すると、倉田先生がくすっと笑みをこぼす。

「相変わらず完璧。こういうところに、彼女は惹かれたりしないの？」

倉田先生は、香乃子の話をしているのだ。俺が香乃子に片思いをしていると勘違いしていて、いつくっつくのかと楽しみにしているらしい。

「いやー、どうですかね」

香乃子が夫婦だと明かしてほしくないと言うので、曖昧にごまかした。俺は彼女が妻だと自慢したいばかりだけれど、たしかに隣を堂々と歩きづらくなりそうなので秘密にしてある。

「うちの新年会、連れておいでよ。天邦さんだけ特別二枠」

「いえ、私ひとりでお邪魔します」

「残念だな」

堀田先生がそう言うのは、俺たちをくっつけようとアシストするつもりだからだ。このふたりには夫婦だと明かしてしまいたい気持ちにもなるけれど、香乃子の許可を取らなければ。

「近くにパートナーがいると気になりはするけど、仕事に張りが出る。精神的にきついときも、彼女の顔を見るだけで落ち着くよ」

優しい表情で語る倉田先生は、奥さんが脳神経外科の病棟でナースをしている。隣でうなずく堀田先生の奥さんもまた、整形外科外来のナースだ。

「もしかして付き合いがバレると、担当替えになる？」

「その可能性はゼロではないですね」

俺は以前から大学病院を持つように打診されているのでなおさらだ。今のところ、香乃子と組んでからの成績がうなぎ上りなので、その勢いを止めてはいけないと様子見になっているけれど。

「それは困るな。おっと、そろそろオペに行かないと。それじゃあ新年会で」

「はい、よろしくお願いします」

ふたりは医局を出ていった。

「精神的にきついときも、彼女の顔を見るだけで落ち着く……か。その通りだな」

父に無理やり縁談を押しつけられたときも、かなりイライラしていた。

十九年前、母と俺が実家を出ても父は無関心で、あっさり離婚届を送ってきた。それなのに、俺の成績が優秀だと知ると勝手に跡取りに指名した。

再婚してようやく本当の幸せをつかんだ母の新生活を邪魔したくなくて、中学二年のときに仕方なく実家の離れに戻ったけれど、香乃子が大学に入学した直後、彼女の奨学金について頼みに行くまでは、父とはまともに顔を合わせることもなかった。

香乃子に話してはいないが、当初奨学金は薬学部の学生に限られていた。香乃子は理工学部の化学科を専攻していて本来は対象外だったのだ。

しかし彼女は、ほかの奨学金受給者に劣らないほど優秀だったし、俺の部屋で医学や薬学に関する書籍を熱心に読みふけるほどだったので、MRとしての資質もあった。なにより彼女自身がMRという職業に興味があると話したので、それをきっかけに奨学金の対象を広げてもらえないかと父に頼みに行ったのだった。

決して裕福な家庭で育っていない彼女が、奨学金を満額借りて、あとはアルバイトでまかなうつもりだと知っていたから。俺とは違い、高校生の頃から働き通しだった香乃子に、学生らしい青春を満喫してほしかったのだ。

父は拍子抜けするほどあっさり了承してくれたが、当然のように俺の入社も指示してきた。

父の言いなりになるのは嫌だったものの、香乃子の人生を豊かにできるならたいしたことではなかったし、製薬業界に興味を抱いていたので了承した。

ただし、将来会社を背負う覚悟はしたが、父の言うがままに結婚するとはひと言も口にしていない。

まるで自分の所有物のように俺を操り始めた父への抵抗として、香乃子とすぐに籍を入れた。

とはいえ、俺はもちろん本気で彼女に惚れていた。

彼女が三日離れに来ないだけで寂しくてそわそわするほど気になっていたし、ふたりで他愛ない会話をする時間が本当に楽しかったのだ。

香乃子が来ると待っていたと言わんばかりに寄っていくベスが彼女の膝の上を死守するように、俺も彼女の隣を死守したかった。

『俺は香乃子がいいんだ。香乃子と結婚したい』と告白したつもりだったが、香乃子は完全に契約結婚だと思い込んでしまった。

俺に対して友人としての好意はあっても、男女の間にある愛など感じたことがないのだろうなとかなりショックで、ため息が漏れてしまった。

けれど、こんなことであきらめられるような生半可な気持ちではない。ベスを助けたときにあまりに彼女が恐縮するため、〝俺の言うことをひとつ聞くこと〟と思いつきで口にした言葉を思い出し、それを利用するというかなりずるい手を使った。

その罪悪感から香乃子に離婚の権限を渡したものの、契約結婚から始めて、本物の夫婦になると決めていたのだ。彼女から離婚を迫られないようにありったけの愛を注ぐ用意はあった。

「疲れたな。そろそろ香乃子の顔が見たい」

今日は何人ものドクターに会い、天邦製薬の薬剤を使っている症例について聞きつつ、一年お世話になった挨拶を繰り返した。

合流予定の十六時には少し早く、内科系の外来棟に行ってみることにした。香乃子が、夕方は外来の奥の休憩室でドクターと面会することもあると話していたからだ。

第一内科近くの廊下に到着すると、ちらほら同業者の姿がある。ライバルではあるがしょっちゅう顔を合わせるので、会話をすることも珍しくない。

「御堂さん、真野さんを捜してる？」

「はい」

抗生剤に強いとあるメーカーのベテラン男性MRに声をかけられてうなずいた。

「今、面会中だよ。ただね……」

なぜか顔をしかめる彼は、俺の耳に手をかざして小声で話し始めた。

「休憩室にいるの、研修医なんだよね。真野さん、簡単に挨拶して終わらせようとしてたけど中に連れていかれて……」

「研修医？」

研修医に薬剤採用の権限はもちろんない。

採用権限を持つようになる将来を見越して、つながりを強くするために話をすることはよくあるし、薬剤の情報を求められればもちろん伝える。ただ、研修医には普通指導医が教えるもので、年末の忙しい時期にMRと話し込む必要があるだろうか。

「あの研修医、ナースに手を出して総師長からお叱りを受けたらしいから気をつけたほうがいいよ。真野さんにも耳打ちしておいたけど、話があると言われたらついていくしかないしね、僕たち」

「ありがとうございます」

つまり、香乃子が狙われていると言いたいのだろう。おそらくその通りだ。細川の代わりにホテルに乗り込むほどの彼女は、そうした誘いをかわすのもうまい。

とはいえ、さすがに密室でふたりきりは危険だ。

俺はすぐさま教えてもらった外来に入っていく。すると、かすかに話し声が聞こえてきた。

「せっかくだから、飲みに行こうよ」

「ですから、個人的なお誘いはお受けできません。上司に叱られますので」

香乃子の声に嫌悪感が漂っている。

「一回くらい、いいじゃん。ね、いつにする？」

俺の香乃子に軽々しく声をかけるな。

そんな強い憤りが湧いてくるが、仕事中だと必死に気持ちを落ち着けてからノックした。

「失礼します。天邦製薬の御堂と申します」

とても入室許可を待てず、返事の前にドアを開けて挨拶をする。

するると、香乃子が壁際に追い詰められていたため、こめかみの血管が切れそうになった。

俺は香乃子と研修医の間に体を滑り込ませて、無理やり笑顔を作った。しかし口元が怒りで震えているのが自分でわかる。

「御堂くん」

俺の腕を控えめにつかんでくる香乃子が、怒りを抑えろと言っているのがありありと伝わってくる。

一発殴ってやりたいくらいだが、今後困るのは香乃子だ。

俺は大きく深呼吸してから口を開いた。

「いつにしましょう。指導医の先生に許可をいただかないといけませんし」

「は？」

「弊社を忘年会にお誘いいただいたのですよね」

「ぼ、忘年会では……」

だったらなんなんだ。デートなんて絶対にさせない。

「弊社では女性MRがお誘いいただきました場合、男性MRが同席する決まりになっています。こちらの病院は私も担当しておりますので、私がご一緒いたします。先生も、あらぬ噂を立てられてはお困りになるでしょう？　たとえば、ナースに手を出して総師長からにらまれているとか」

後半は真顔で付け足すと、研修医は落ち着きなく視線をさまよわせる。総師長に叱られたのはどうやら事実らしい。

もちろん指導医の耳には入れるつもりだけれど、総師長のほうにも手を回そう。

「ただの噂ですよね。そんなこと」

「も、もういい」

とびきり不機嫌な研修医は、顔をひきつらせたまま出ていった。

「助かった……」

香乃子がそう漏らすので焦る。

「なんかされたのか？」

「ううん。あんまりしつこいから、もうちょっとで蹴るとこだった」

「蹴る？」

香乃子が俺の下腹部を指さすので噴き出しそうになる。

「使い物にならなくしてやればよかったのに」

「それはさすがにかわいそうでしょ？　三日間くらい再起不能で十分」

「三日間……」

よくわからない温情のかけ方がまたおかしいけれど、香乃子の眉間にしわが寄ったのでどきりとする。

「どうした？」

「……女の武器なんて使ってるつもり全然ないのに、そういう目で見られるのが悔しい。細川さんだって、めちゃくちゃ頑張ってるんだよ」

「わかってる」

俺は香乃子を抱きしめた。

女性MRが少ない中で、香乃子がいばらの道を切り開いてきたことは、俺が一番よく知っている。だからこそ、彼女を尊敬しているのだ。

「帰ってベスに顔をうずめたい」

「そこは、俺の胸にの間違いだろ？」

おどけて指摘すると、離れた香乃子は笑ってみせた。

彼女は強い。でも、俺の前では弱くたって構わないのに。

「残念。ベスのモフモフに敵うものはこの世にはないの。ちょっと疲れちゃった。今日は外食にしていい？」

素直に甘えてくる香乃子にキスしたくてたまらない。けれど、さすがに営業先ではまずいとこらえた。

「もちろん。なに食べる？」

「うーん。ラーメン。チャーハンもつけたいなあ」

フレンチでもイタリアンでもと思ったのに、ラーメンとは。贅沢を好まない彼女らしいというか……。

「餃子もいいぞ」

「やった」

無邪気に笑う香乃子の顔を曇らせたくない。俺が一生守る。

香乃子の腰に手を回して部屋を出るように促すと、首を横に振って拒否されてしまった。

「御堂くん、セクハラですよ」

どうやら〝先輩の真野さん〟に戻ったようだ。

「すみません。気をつけまーす」

「語尾を伸ばさない！」

先輩風を吹かせる彼女に視線を合わせると、おかしくてふたりで噴き出してしまった。

◇◇◇

内科の研修医にしつこく迫られて、かなり気分が落ちた。こうしたことは初めてではないけれど、困るのと同時に悲しくなる。男性のＭＲであれば、こんなことはないからだ。

これでも、野呂さんたち先輩ＭＲや裕一郎くんに負けないようにと、努力してきたつもり。しかし、『女のＭＲなんて信用できない』とあからさまに言う頭の固いドクターもいれば、こうして性的な対象として見てくるドクターもまれにいる。細川さんが絡まれた矢部先生も同様だ。

男性女性関係なくＭＲとして同じ土俵で戦いたいのに、土俵にも上がらせてもらえない落胆で、どれだけ努力しても無駄なのかなと悲しくなるのだ。

しかし、裕一郎くんが抱きしめてくれたので、すぐに気持ちが浮上した。

くよくよしたって仕方がない。もっと努力して認められるしかない。

とはいえ、精神的な疲労を感じて裕一郎くんにちょっと甘えた。こういうときに理解ある夫がいてくれるのは、本当に心強かった。

病院を出るために救命救急科の近くの廊下を通り過ぎようとすると、玄関に救急車が横付けされているのが見えた。すでに患者は搬入したあとのようで、救急隊員が受付でなにか話している。

「救命は大変だよね。時間外だろうが関係なく――」

私が口を開いたそのとき、処置室から険しい表情のドクターが駆け出てきた。たしか、堀田先生だ。

「いいところにいた。御堂くん、君のところペニシリン用意できない？　劇症型溶血性レンサ球菌感染症の患者が重なって在庫がない。いつものところに発注かけたけど、品薄ですぐには無理だって言うんだ。代わりにエリスロマイシン使ってるけど、効果が上がってこない患者がいて、やっぱりペニシリンが欲しい」

劇症型溶血性レンサ球菌感染症とは、人食いバクテリアと呼ばれている感染症のこと。最近急増しており、急速に多臓器不全に陥る致死率の高い症例だ。

抗生剤のペニシリンが第一選択となるが、近年海外に頼っていた原料が不足して生産がうまく回っておらず、在庫が豊富にあるとは言い難い状況が続いている。

「すぐに確認します。香乃、近隣の病院のペニシリンの在庫調べて、譲ってもらえるように話して。物流からじゃ間に合わない。俺が取りに行く」

「わかった」

この症例は時間との勝負だ。命がかかっている。

私はペニシリンを納入している野上から一番近い得意先を会社に調べてもらい、電話を入れて事情を話した。そして、駐車場の車でスタンバイする裕一郎くんに連絡を入れると、彼はすぐさま動きだす。

その後、処置室にいる堀田先生に確保できそうだと伝えた。

「助かった。何分くらいかかりそう?」

「十五分ください」

「ありがとう。到着したらすぐ教えて」

とりあえず最低量は調達できそうだ。おそらく足りないため、もう一度走ることになるだろう。

十三分で戻ってきた裕一郎くんから薬を預かると、彼は再び別の病院に取りに走った。

十分な量が確保できた頃には患者の容体が安定してきたようで、ふたりで胸を撫で下ろす。

スクラブ姿で出てきた堀田先生は、私たちに頭を下げた。

「本当に助かったよ。ありがとう」

「お役に立ててよかったです」

「イレギュラーな対応をお願いしたことは、薬剤部に話しておくから安心して」

「はい、お願いします」

こうした大きな病院の場合、契約外の薬剤を薬剤部の審査なしで使用することはまずない。ただ、今回のように命がかかっているときは許されるだろう。

「こんなに患者が重なるとは……。うちの在庫量も考え直すべきだな」

「最近この疾患の患者が急激に増えていますし、品薄ですので、潤沢に在庫を確保するのも難しいですよね。供給が不安定になりがちな薬剤や、オーファンドラッグのあたり、天邦製薬が率先して安定供給できるよう努力することをお約束します」

キリッとした表情ではきはきと語る裕一郎くんの言葉に驚いた。

オーファンドラッグとは、医療上の必要性が高いものの、対象となる患者数が少ない治療薬のことだ。

薬を開発するには莫大な開発費が必要となるため、開発しても使用できる患者がわずかしか見込めず採算が取りにくい薬剤はどのメーカーも作りたがらない。

また、今回のペニシリンは対象となる症例は多いが、古くからある薬であるがゆえ薬価が下げられ続けており、製薬メーカーに旨みは少ない。そのため手を引くメーカーがあるのに加えて、原薬確保の不安定さも重なり、在庫が不足しがちだ。

裕一郎くんはそうした環境を改善すると話しているのだが、今後の会社の方針であるため、いちMRが言えることではない。

けれど、きっと彼は本気だ。天邦製薬を背負い、どのメーカーも目を背けがちなその部分にメスを入れるつもりなのだ。

改めて、我が夫は最高にかっこいい人だと確認できた。

ずっと彼と一緒に歩いていけたら……。このまま平穏な日々が続くことを祈るばかりだ。

私たちMRは患者さんと直接向き合うことはほとんどない。けれど、誰かの命を救えたのだと思うと、この仕事をしていてよかったと心から感じた。

会社に戻ると課長が待ち構えていて、私たちを褒めたたえてくれた。

「野上の救命からも薬剤部からもお礼の電話が入ったよ。ふたりとも、よくやった」

「ありがとうございます。御堂くんのおかげです」

瞬時に的確な指示を出して活躍したのは彼だ。

「いえ。真野さんがいたから力を発揮できたんです。俺ひとりだったらあたふたして終わりでした。持つべきものは頼りになる先輩です」

裕一郎くんの声は、ペニシリンの対応をしたときとはまるで違い、柔らかい。

そんなふうに私を持ち上げなくてもいいのに。私は在庫を持つ病院やクリニックと交渉しただけ。

「いいコンビだね」

「はい！　ずっと一緒がいいです」

愛くるしい笑みを浮かべて答える裕一郎くんに驚く。

私も彼と組めるのは、刺激もあるし勉強になるので大歓迎だ。けれど、こんなふうに堂々とは恥ずかしくて言えない。

「もう結婚すれば？　結構お似合いかも。尻に敷かれる御堂が見えるけど」

背後で聞いていた野呂さんが茶化す。

たしかに、会社での裕一郎くんの姿しか知らないと、私が尻に敷きそうだ。ところが実際は、私のほうがどぎまぎさせられている。

「どうします？　真野さん」

うれしそうに微笑む裕一郎くんに振られて、目を瞠る。

「なに言ってるのよ」

「照れてる。かわいいですね。結婚しましょう」

「おっ、公開プロポーズ」

別の先輩にまで冷やかされ、苦笑するしかなかった。

見えなくてもいいもの

いろいろあった一年も、もう終わり。

翌日は締めの会議があり、裕一郎くんが年間トップセールスとして表彰された。私は二位。かなり頑張っているつもりだけれど、裕一郎くんはそれ以上なのだろう。

新薬部一課での忘年会は、会社近くの居酒屋で行われた。

最近は会社の飲み会を嫌がる人も多いようだが、一課は皆仲がよく、いつも楽しめる。特に裕一郎くんが入社してからは、皆が一丸となって動いている感じがする。彼がムードメーカーとして引っ張ってくれるからだ。

この先、お父さまのあとを継いで社長に就任するのかどうか私にはわからないけれど、上に立つ者の器を持ち合わせているようにも思える。

「真野、惜しかったな」

右隣に座った野呂さんが、裕一郎くんに負けたことを慰めてくれる。

「当然の結果でしょうね。御堂くんには敵わないや」

単月の売り上げだと時折私が勝つけれど、大体その翌月は惨敗だ。裕一郎くんは安定しており、新規採用数も桁違いだから。

「教育係も頑張ります……」

野呂さんが小さくなるのがおかしい。

後輩たちの研修をしたり、難しい得意先に同行したりと、部下のフォローをする立場の彼は、売り上げとは別のところでの貢献度が高い。もちろん課長もわかっている。

「御堂、温泉ペア宿泊券だってさ。誰と行くんだろう」

左隣の三十三歳の男性MR、富安《とみやす》さんがビールを喉に送ったあと、年間トップセールスのご褒美として支給された宿泊券についてぶつくさ言っている。

「さあ？」

おそらく……いや、間違いなく私なのだろうけれど、そうとは言えずごまかした。

「そういえば真野は、そろそろ結婚しないの？」

富安さんに尋ねられ、眉がピクッと動く。

「どうでしょうね」

もうとっくに結婚していて、その夫が裕一郎くんだと明かしたら、どんな顔をされることやら。

この仲間になら告白しても……と思わなくはないけれど躊躇《ちゅうちょ》するのは、私たちの結婚が特殊で離婚の可能性を秘めているからだ。

もちろん、どれだけ仲がよくてもうまくいかなくなることだってある。生涯そうした危機がないと言いきれる夫婦はいないだろう。けれど私たちの場合は、別の問題がある。

裕一郎くんがいつか会社を背負う立場になった場合、私が彼のアキレス腱《けん》になりかねない。父が事件を起こしているからだ。

なんとか執行猶予がついた父は、どこにいるのか知る由もない。そんな父を持つ人間が、大企業の社長の妻なんて許されないだろう。

それを裕一郎くんにも明かしていない。

せっかく親しくなった彼と疎遠になるのが怖くて黙っていたのだけれど、あれよあれよという間に契約結婚。それからずっと、彼に知られるのを恐れながら生活している。

たとえ仮の妻でも、裕一郎くんのそばにいたいのだ。ただ、彼に迷惑がかかるとわかったときは身を引く覚悟ができている。

そんな状況では、周囲に夫婦であることを明かしにくい。

「そういう素振りないよね」

富安さんが言う素振りがないとは、彼氏の影がないということだろう。

「でも、イブにデートしてたんじゃなかったっけ？」

枝豆を黙々と口に運んでいた野呂さんが、余計なことを口走る。

「いや、あれは……」

「彼氏未満？　それで、その後どうなったんだよ」

身を乗り出して私の肩をトンと叩く富安さんは、興味津々らしい。

「あれっ、セクハラしてるー」

ビール瓶片手に、私と富安さんの間に無理やり割り込んできたのは、我が旦那さまだ。彼は長テーブルの対面側の少し離れた場所にいたのだけれど、いつ来たのだろう。

「セクハラじゃねえよ。御堂も気になるだろ？　真野の彼氏」

「はいはい、飲みが足りませんね」

笑顔でかわす裕一郎くんは、富安さんの空いたグラスにビールを注ぐ。

「お前っ、泡だらけじゃないか」

「失敗失敗」

素知らぬ顔で笑い飛ばす裕一郎くんが、テーブルの下の私の手をこっそり握るので、鼓動が勢いを増していく。こんなところを見られたらまずいのに。

「真野さんの彼は、めちゃくちゃ嫉妬深いらしいですよ。会社の同僚でも、べたべたされるのは嫌らしくて」

裕一郎くんは笑顔で語るけれど、目が笑っていない。現在進行形でこの状況が気に入らないのだろう。

「それじゃ、御堂も気をつけないと。御堂が一番、真野と一緒にいる時間が長いんだし」

野呂さんがつっこむと、裕一郎くんはかすかな笑みを浮かべる。

「俺はいいんですよ」

ちょっと！

いろいろ勘ぐられそうな発言はよしてほしい。

「なんだ。結局、御堂が真野を俺たちに取られたくないだけじゃないか。お前、真野の忠犬みたいだもんな」

『富安さん、それが違うんですよ！　ふたりきりだと完全に主導権を握ってるんですよ！』と叫びたいけれど、もちろん黙っておく。

裕一郎くんの本性を知ったら、皆ひっくり返るだろうな。

「はい。忠犬です」

満足そうに笑う裕一郎くんは、それからずっと私の隣に陣取っていた。

仕事が締まった気の緩みもあるのか、いつもより酔ってしまった。

ヒールを履くときによろけたけれど、そこは完璧な旦那さまである裕一郎くんがすかさず支えてくれた。

「真野、二次会行く？」

幹事に二次会の出席を尋ねられたが、帰ったほうがよさそうだ。

「真野さんは酔ってるみたいなんで、俺が送ります」

私が答える前に、裕一郎くんが対応している。

「お前、送り狼になるつもりだろ」

富安さんが茶化してくるが、裕一郎くんは余裕の笑みを浮かべた。

「知らないんですか？　真野さんにセクハラすると、三日間再起不能ですよ」

「三日間？」

内科の研修医とのやり取りを知らない富安さんが首をひねっている。

「あぁっ、なんでもないですよ。ごめんなさい、酔ったので帰ります。お疲れさまでした。よいお年を！」

無理やり話を切ったあと周囲の人たちと別れて居酒屋を出ると、空にはぽつりぽつりと星が瞬いている。

「星、あんまり見えないね」

私を支える振りをしてさりげなく腰に手を回す裕一郎くんに漏らすと、うなずいている。

「このネオンでは無理だろ。山に行ってのんびりしよう」

彼は夫の顔で言った。

それは温泉旅行の話をしているのだろうか。

「例の温泉?」

「さすがに年末年始に急には予約できないよ。俺の友達がリゾート開発会社にいてさ。そいつはずっと海外なんだけど、結婚祝いしてなかったからって、ニセコの温泉付きスイートをプレゼントしてくれた」

「ニセコって北海道《ほっかいどう》の?」

「そう。スキーのゲレンデが目の前らしいけど」

「私、滑れないよ?」

スキーもスノーボードも、一度も経験がない。

「チャレンジしたければ教える。そうでなくても温泉もあるし、料理が最高らしくて、十分満足できるんだってさ。寒いから裸で温め合わないといけないし」

最後のひと言のために行くような気がしてならないけれど、契約結婚だけに挙式はおろか新婚旅行もなかったので、かなりうれしい。

思わず口元を緩めると、腰に回っていた手に力がこもった。

「そんなにうれしいんだ。裸で温め合うのが」

「違う、そこじゃな——」

「わかってるって。恥ずかしいだろうから、これ以上は黙っておいてやる」

私に目を合わせて満足げにうなずいている彼にこれ以上反論しても、きっと逆効果だ。そう思った私は口をつぐんだ。

私たちがニセコに出発したのは、三十一日。二泊三日のため、ニセコで年越しをすることになった。

「エリザベス、いい子にしてて」

——ニャーオ。

ベスをペットホテルに預けるとき、ちょっと切なくなってしまった。

「ベス。戻ってきたら、あの高い猫缶を食わせてやるから」

私が抱いたベスに裕一郎くんが話しかけると、ニャッと高い声で短く鳴く。ダイエットのために好物の猫缶をしばらく封印していたのだが、食べられるのを喜んでいるかのようだ。

「なんだよ。寂しさより食い気か」

裕一郎くんも私と同じように感じたようで笑ってしまった。

実は飛行機が初めてだった私は、離陸の瞬間顔がこわばってしまった。

「香乃、大丈夫？」

「う、うん。裕一郎くんと一緒にいると、初めての経験がたくさんできるね」

怖さを隠して早口でまくし立てる。すると彼はにやっと笑った。

「俺が初めての男だったもんな」

耳元でとんでもないことを口走られて、慌てて彼の口を押さえる。

「そういう意味じゃなくて……」

抗議するために顔を向けると、いきなりチュッと軽いキスをされてしまった。

「な、なに……」

「空の上でのキスも初めてだろ？　またしても初体験いただき」

「え……」

動揺して唇に触れていると、彼がくすくす笑いだす。

「緊張ほぐれただろ」

「あ……」

どうやら顔が引きつっていたのに気づいて和ませてくれたようだ。

「もう一回しとく？」

「もう大丈夫！」

むきになって言い返すと、彼は白い歯を見せた。

「香乃子のことは俺が体を張って守るから、心配するな」

指を絡めて手を握り、そんなひと言。

裕一郎くんはいつだって私の味方で、ナイトのようだ。彼がこうして触れていてくれると、心が穏やかになる。

だからこそ、彼の人生の汚点になりたくないと思っているのだけれど、別れのときが来たら本当に踏ん切りがつくのかと、最近は心配している。

緊張しながらも到着した初北海道は、さらさらの雪が太陽の光を反射していて美しく、感激した。

新千歳《しんちとせ》空港駅から電車で一旦小樽《おたる》に向かい、そこで観光を楽しむ。

かの有名な小樽運河も雪で覆われていて、ノスタルジックな雰囲気が漂っていた。

「明治、大正時代の小樽はニシン漁が盛んでかなり潤っていて、物流の拠点でもあったんだ。だから、銀行や商社が集まった」

「裕一郎くんって、なんでも知ってるんだね」

感心していると、彼はふっと笑う。

「香乃子にかっこつけたくて調べてきたに決まってるだろ。言わせるな」

「あはっ。私のために調べてくれたんだ。ありがと」

素直にお礼を言うと、不意に抱き寄せられた。

「かわいいこと言うと、ますます惚れる」

……そんな愛の告白をされると、一生離れたくないと思ってしまうでしょう？

彼のコートを強くつかむと、背中に回った手に力がこもった。

その後はガラス工房で吹きガラス体験をし、いびつな形に仕上がったグラスを見て、ふたりで笑い転げた。ほかにも歴史的な建物を見て回ったり、宝石箱型のオルゴールを購入したり、時間はあっという間に過ぎていく。

裕一郎くんとは笑いや感動のツボが同じというか……同じところで噴き出し、そして感嘆のため息をついた。

そんな関係がとにかく心地よくて、ますます彼に溺れていく。

私たちは小樽を十分に満喫したあと、いよいよニセコに向かった。

◇　◇　◇

香乃子と足を踏み入れた北海道は、東京に比べると気温がうんと低く、街が雪で覆われていた。けれど隣に香乃子がいるから、心は温かい。

しがらみのある東京ではなく、遠く離れた北海道で彼女とのんびり生きていきたい。そんな感情が湧き起こるも、現実的ではないとわかっている。せめて旅行の間は、夫婦としての絆《きずな》を深めて、香乃子との幸せな時間を楽しみたい。

寒いからと理由をつけて彼女の手を握り、小樽の街を散策する。

ニセコに招待してくれた大学時代の友人の神木《かみき》がお薦めだと話していた、舌の上でとろけるウニの寿司を食べたあと、小樽運河を見に行く。頬を緩める香乃子が終始楽しそうでよかった。

この一年、ひたすら努力を重ねて突っ走ってきた彼女につかの間の休息を与えられたら。

少し前まで、MRといえばほぼ男性。最近は女性も増えてはきたけれど、いまだ女性だからとバカにする頭の固い男性ドクターがいたり、逆に下心いっぱいで近づいてきたりする人もいる。

もちろん大半は違うのだけれど、俺たち男性MRにはない悩みを抱えているのも事実だ。

香乃子はなかなか弱みを見せてくれず、自分でほとんど解決してしまうため、俺も知らないつらい経験をしているはずだ。おそらく、帰宅してベスを離さない日はなにかあったのだろう。

もっと頼ってくれてもいいのだけれど、弱さを見せずに生きてきた彼女にとっては簡単なことではないようで、無理やり口を割らせることなくただ抱きしめるようにしている。

そんな彼女に、すべての荷物を下ろしてゆっくりしてもらうのが今回の目的だ。

小樽を出てニセコ入りした頃にはもう日が傾いていて、白い雪山をオレンジ色に照らす夕日が美しかった。

年末年始は特に食事が充実していると聞いていたが、その通り。その日の夕食はカニ三昧で、刺身に始まり、カニすき鍋、焼きガニ、カニのてんぷらと、もうしばらくカニはいらないというくらい堪能した。

「お腹いっぱい。本当においしかった」

デザートの夕張《ゆうばり》メロンシャーベットまで満喫して部屋に戻ると、香乃子が目を細めて言う。

「来てよかったな」

「うん。お友達にお礼言っておいてね」

「了解。このあとどうする？　大浴場もあるみたいだけど」

スイートには専用の風呂がついているが、別に大浴場もある。

「ちょっとふわふわするから、私は部屋のお風呂にするね。裕一郎くんと一緒だと安心して飲めるからすぐに酔っちゃう」

なんてかわいいことを言うんだ。

彼女はいつも俺を無意識に煽《あお》る。

「裕一郎くんは大浴場に行ってきてもいいよ」

「行くわけないだろ」

「ん？」

とろんとした目で首を傾けて不思議そうにしている香乃子は、俺の理性を一瞬で吹き飛ばす。

俺は彼女のところに歩み寄り、抱き上げた。

「な、なに？」

「一緒に入るぞ」

「え……ひとりで入れるよ」

そんなことはわかってる。酔っているといっても受け答えははっきりしているし。

「俺がひとりで入れないんだ」

「悪い顔してる」

素直に抱かれる香乃子は、俺の頬を指でつついた。

抱きつぶすつもりだと気づいているのだろう。

「悪い俺は嫌い？」

「うーん」

色っぽい声で相槌《あいづち》を打った彼女は、俺の首に手を回してささやく。

「優しくしてくれるなら、嫌いじゃない」

ダメだ。その言葉だけで下半身が反応してしまう。

「激しいのも好きなくせに」

そうささやいたあと唇を重ねると、彼女は完全に女の顔になった。

湯船に浸かった香乃子の全身が赤く染まっているのは、俺の愛撫《あいぶ》のせいなのか、はたまた熱いお湯のせいなのか。

「あっ……」

膝の間に香乃子を座らせ、背中から手を伸ばして胸を揉《も》みしだく。すると彼女は俺に体を預けて、甘い吐息を漏らした。

「香乃、好きだ」

ありったけの気持ちを叫んでも、彼女は同じように返してくれない。過去に一度だけ『好き』と言われたが、あのときも酔っていた。

「愛してる」

しかしもう一度愛をささやくと、顔を俺のほうに向けた香乃子は伸び上がるようにしてキスを求めてくる。

この瞬間がたまらない。彼女が俺を求めてくれる瞬間が。

「裕一郎……」

セックスのときだけ呼び捨てにするなんて卑怯だ。年下だからこそ余裕を見せつけたいのに、夢中になってしまう。

風呂を上がったあと、せっかく纏った浴衣の襟元をすぐに開いたときは少し怒っていたが、いつものパジャマとは違う彼女の姿に欲情してとても止められなかった。

「裕一郎……。気持ちいい」

恍惚《こうこつ》の表情でそんなふうに言われたら、優しくしたくても激しくなる。

「もうずっと俺のものでいてくれ」

この結婚は、契約なんかじゃない。

もうずっと前から……お前が好きなんだよ。ほかの女なんて見えないくらい。

香乃子は、この問いかけにいつも返事をしない。悩ましげな顔をして目を閉じ、少し開いた口から嬌声《きょうせい》を漏らすだけ。

どうしてなんだ。ずっと一緒にいると言ってくれ。

彼女を抱きながら、そう心の中で叫んでいた。

「あけましておめでとう」

翌朝。朝方まで寝かせなかったからか、十時近くになってようやく目を開いた彼女に伝える。

「おめでとう。あっ……カウントダウン……」

「香乃子の中で年を越せたと思うと感慨深いよ」

そう言うと、枕を投げられて避ける。

「もう！　何回するのよ」

「まんざらでもないくせに」

シチュエーションが違ったからかいつもより気持ちが高ぶり、覚えているだけで四回はした。最後は果てるのがもったいなくて、何度もキスを繰り返し、幸せなひと時を過ごした。

「起き上がれそう？　ちょっとヤりすぎたな」

「反省して」

香乃子はそう言いながら、布団を体に巻きつけて上半身を起こした。

すかさず抱き寄せると全力で逃れようとしてくるが、放してなんかやるもんか。一生一緒にいると言えよ。

「ちょっ、裕一郎くん？」

「そこは裕一郎だろ」

「えっ、もうシないよ……あっ」

さすがにニセコで抱き合うだけで終わるつもりはないけれど、彼女から欲しい言葉をもらえない俺は、ちょっと意地悪をして脇腹をそっと撫でた。彼女は全身が敏感なのだ。特に抱いたあとは。

「冗談だよ。昨日食べすぎたし、朝食は食べられないと思って、シーフードシチューのおいしい店を聞いて早めのランチを予約しておいた。大きいホタテがゴロゴロ入ってるんだってさ」

「おいしそう」

「もう一回風呂に入っておいで。俺はもう入ったから」

彼女に数分しか着ていない浴衣を渡すと、気まずそうに笑っていた。


ランチを楽しんだあとは、スノーボードに挑戦した。

香乃子はスキーもスノボもやったことがないと腰が引けていたものの、絶対にやると言うと思っていたがその通りだった。

彼女はなんでもチャレンジしてみる人だからだ。

基本の動作を教えて緩い坂から始めてみたけれど、案外うまく滑っている。

「ちょっ……止まんない」

彼女の叫びを聞き、うしろをゆっくり滑っていた俺は、慌てて前に回った。

「俺のほうに体を向けて、かかとに体重かけて。香乃ならできる」

そう言った直後、ぴたっと止まる。

「あっ、できた」

どうしても止まらなければ体で受け止めるつもりだったが、スピードがあまり出ていなかったのもあり、あっさり停止した。

香乃子はその一回で完全に止まり方をマスターしたようで、その後は難なく滑っていた。もともと運動神経が抜群なのだろう。

「うまいじゃないか」

「裕一郎くんが『香乃ならできる』って言ってくれるから、できる気がするんだよ」

そういえば、仕事でもプライベートでも、落ち込んでいるときはそういう言葉をかけているかもしれない。

「そっか……」

彼女の心の支えになれているなら光栄だ。

だったら、一生支えさせてくれよ。

「ねえ、ずっと初心者の付き添いじゃつまんないでしょ？　見たいなー。裕一郎くんの華麗な滑り」

華麗とまではいかないが、大学生の頃に神木と何度も滑りに行っていたので、それなりにはできる。

香乃子のほうがその気なので、上級者用のゲレンデのリフトに向かった。

「裕一郎くーん」

リフトに乗った俺に必死に手を振る香乃子がかわいい。仕事中はキリッとしているのに、プライベートでは別の顔を見せてくれる。

リフトを降りるとこぶだらけで、恰好つけて上級者ゲレンデにするんじゃなかったと後悔しつつも、スタートした。

今日は天気もよく視界も良好で、遠くの山々まで見通せる。

香乃子はどこだろうと捜しながら滑っていくと、彼女らしき人物が、男ふたりに言い寄られているのを見つけた。

「俺の女に触れるな」

馴れ馴れしく香乃子の肩に手を置いた姿まで見えてしまい、怒りで顔が険しくなる。

せがまれたからと言って、ひとりにするんじゃなかった。

俺はスピードを上げて下りていった。

「香乃！」

少し離れた位置から叫ぶと、香乃子は男の手を振り払い、こちらに顔を向ける。

「裕一郎くん！」

男たちにわざと雪がかかるように止まると、香乃子にまでかかってしまい申し訳ない。

満面の笑みを浮かべる香乃子が俺の隣に来て「かっこよかった」とつぶやいたあと、男たちに向かって口を開く。

「私の旦那さまに勝てると思ってるの？　百年早いのよ。出直してきて」

けん制の言葉をぶつけるつもりだったのに、香乃子に先を越されて拍子抜けした。

男たちがそそくさ去っていくと、香乃子が難しい顔をするのでなにかあったのかと心配になる。

「ごめん。あの人たちしつこくて、裕一郎くんの滑り、全部見られなかった」

まさか、そんなことを気にしているとは。

俺は香乃子を思いきり抱きしめた。

「やだ。皆見てる」

「見せつけてるんだ。俺の最愛の妻だって」

体を離すと香乃子は恥ずかしそうに顔を伏せているが、俺はこんなにかわいい彼女が自分の妻だと世界中に知らしめたいくらいだ。

彼女がなんと言おうと、絶対に一生離さない。

「俺をこれだけ惚れさせたんだから、責任取れよ」

「なにそれ……」

はにかむ香乃子に、俺の本気が伝わっていないのだろうか。どうしてずっと一緒にいると言ってくれないんだ。

悶々《もんもん》とした気持ちを抱えながら、あまり追及しては余計に離れていきそうな気がしてこらえた。


その後スノーボードは切り上げて、お土産を買いに出かけた。

彼女のお母さんには、いくらの醤油《しょうゆ》漬けとメロンゼリーをチョイスした。香乃子は時々会社帰りにお母さんの顔を見にアパートに行っており、そのときに届けるそうだ。

「会社にはどうしよう……」

「香乃子が持っていけよ」

「また彼氏の話になるでしょう? 裕一郎くんが持ってって」

たしかに、最近野呂さんたちが香乃子の彼氏を気にしている。まあ、俺が適当なことを口走ったのが悪いけど。

「そろそろ言う?」

「なにを?」

「結婚してますって」

軽く尋ねると、クッキーに伸ばしていた香乃子の手が止まった。

「いや、それは……」

「もう俺の気持ち、わかってるだろ?」

契約結婚から始めた関係だけれど、夫婦になって二年、かなりあからさまに愛をささやいてきたつもりだ。あれで気づかない人はいないと思うほどに。

「ごめん。もう少し待って。仕事やりにくくなるし」

彼女は笑顔で語ったけれど、目の奥が揺れている気がした。

香乃子の言動からして、嫌われているとは思えない。むしろ夫として認めてくれているような。

なにがいけないのか、理由がまったくわからない。

「仕事に負けたか……」

「そうじゃない。ごめん」

俺には言えないなにかを抱えているのだろうか。

「いや、俺こそごめん。せっかく旅行に来たのに、なにやってんだ俺」

彼女の笑顔が見たくて連れてきたのに、困らせるとは。

焦りすぎだ。香乃子には香乃子の都合がある。彼女のほうから俺の胸に飛び込んできてくれるように、もっともっと愛を注げばいい。

「ううん。私のわがままだから」

「それじゃあ土産は俺が持っていく。だけど、彼女についてつっこまれたら助けろよ」

重くなった空気を払しょくしたくておどけた調子で言う。

「どうやって？」

「そこはお任せ」

「そんなの無理……」

香乃子は嘘をつくのが下手だから、夫婦だとバレてしまいそうだ。そんな彼女が心になにを秘めているのか、気にならないわけがなかった。

夕食は、ホテルのレストランで和食を堪能した。お正月だということで、おせちのように少しずつたくさんの種類の料理がテーブルに並んで、箸を伸ばす香乃子も満足そうだった。

夕食のあとは、部屋のベランダから夜空を見上げた。東京とは桁違いの数の星が瞬いていて、美しさのあまりふたりとも無言になる。

「見えなくても、本当はこんなに存在してるんだね」

「そうだな。東京の空にも同じだけの星があるはずなのに」

「星は全部見えると素敵だけど、見えなくてもいいものもあるか……」

「見えなくてもいいもの？」

香乃子が意味ありげな言葉をつぶやくので、聞き返す。

「自分を丸裸にされるのって、ちょっと怖いなと思っただけ。見えないほうがうまくいくこともあるなって」

俺の目に映らない彼女の抱える秘密は、明るいネオンで隠されていたほうがいいのだろうか。

俺はなにを知っても、香乃子を離したりしないのに。

全部明かしてほしいと思う一方で、俺にも隠していることがあるなと思い直す。

政略結婚をさせられそうになった相手が、実はまだあきらめていないのだ。

俺が香乃子と結婚したため縁談は一旦立ち消えになったが、最近になってその女性が接触しようとしてくる。俺の記憶にはなかったけれど、幼い頃に実家で何度か顔を合わせたことがあるらしい。しかし、実家には人の出入りが多く、どの人のことなのかもわからない。

俺を仕事の駒に使いたい父も、香乃子ではなくその女性との結婚を望んでおり、秘書を通じて彼女と会うようにと連絡がある。

もちろん、妻がいるのに誤解されるような行動はしないと突っぱねているのだが。

記憶にも残っていない彼女は、俺のなにを知っているというのだろう。天邦製薬の跡取りという地位にある夫が欲しいだけではないだろうか。

「俺は香乃子の隅々まで知ってるけどね」

「ちょっ……」

彼女を背中から抱きしめ耳朶を甘噛みすると、体をよじる。

「まあ、見えなくてもなんとか抱けるか……」

「なんの話をしてるのよ」

香乃子はくすくす笑っている。もうこの先ずっと、俺の腕の中で笑顔でいてくれたらいいのに。

「やっぱり北海道は寒いな。もう香乃子の手、冷えてる」

彼女の手を包み込み、ふーっと息を吹きかける。

「裕一郎くん、あったかい」

「おお。いつでもあっためてやる。一緒に風呂——」

「今日はひとりで入ります」

俺の魂胆《こんたん》などお見通しの彼女は、おかしそうに白い歯を見せた。

ずっと一緒にいられたら

正月休みが明けて五日。俺は脳神経外科の新年会に出席した。

香乃子が忘年会に呼ばれるかもしれないと話していた第二内科は、メーカーをどこも呼ばずに実施したようで、俺も脳外だけだ。

自費で参加といってもMRは気を使わなければならない立場なので、ビール瓶片手にドクターやナースにお酌《しゃく》をして回った。なぜかナースはお酒に強い人が多く、あっという間に瓶が空になっていく。

脳外は病棟のカンファレンスルームでドクターに面会する機会も多いため、ナースたちとも顔見知りで、ほかの診療科よりずっと会話が弾む。

「お正月、大変だったのよ。救命が優秀だと病棟も大忙しよ……」

師長が愚痴を漏らしている。

たしかにこの病院は、千葉《ちば》県のドクターヘリも受け入れており、重症患者が集まる。脳神経外科の症例もかなり多い。

「お疲れさまです」

師長にビールを勧めたあと、堀田先生に呼ばれて向かった。

隣に座り、ビールを注ごうとすると断られる。

「明日、午前中からオペなんだよ」

「そうでしたか」

「御堂くんは飲んで。接待はいいからさ」

「ありがとうございます」

素直にお酌してもらい、ビールを口に運んだ。

「付き合ってるんだって?」

「はいっ?」

テーブルを挟んで向かい側にいる倉田先生に突然問いかけられて首を傾げる。

「もたもたしてるなと思ってたけど、もう捕まえてたんだ」

堀田先生にまでそう言われて、香乃子のことだとピンときた。でも、どうしてわかったのだろう。

「えっと……」

「香乃さんって言うんだね。下の名前」

堀田先生にそう言われて、ドキッとする。ドクターの前で香乃子の名を口にしたことはないはずだ。

「香乃子さんですが……どうしてご存じなんですか？」

「年末に、救命でペニシリンの調達を頼まれたんだよね」

「はい」

あのときのドクターは堀田先生の弟だ。でも、それがなんだというのだろう。

「慌ててたんだね。『香乃』って呼んだらしいよ」

「あ……」

驚きの声を漏らすと、倉田先生が笑いを噛み殺している。

ここまで知られていては、認めるしかない。

「黙っていてすみません。実は結婚してます」

「結婚？」

そこまでは予想していなかったようで、堀田先生が目を丸くした。

「なんだ。隅に置けない男だな」

倉田先生が笑っている。

「すみません。仕事がやりにくくなるので、内緒にしておいていただけると……」

「それで黙ってたのか。広めるつもりはないから安心して。でも、御堂くんががつがつ仕事に邁進《まいしん》できる理由がわかったよ。大切な人がいると頑張れるよね」

堀田先生にしみじみ言われて、思わずうなずいた。

「そうですね。絶対に彼女を泣かせたくないし、守りたい。そのためには俺が強くなくてはと思います」

「その気持ちはすごくわかるよ。でも、弱い部分があったっていいと思うけどね。そういうところを補い合うのがパートナーなんだし」

倉田先生の言葉が、胸に刺さる。

「大切な人だから失いたくない。だから臆病になることもある。それが普通だし、常に強くなくてはなんて気負わなくていいと思うよ。それに、女性って結構底力があるというか……。俺たち男よりずっと肝が据わってると思わされることもよくある」

堀田先生は奥さんを思い出しているのか、優しい顔をしている。

「これ、先輩たちからのアドバイス」

倉田先生は離れた場所に座っているナースの奥さまに視線を送っている。

思いがけず香乃子との関係を知られてしまったが、彼女についての話がオープンにできるのは幸せだった。

忘年会が終わった頃、香乃子が近くまで車で迎えに来てくれた。

「ごめん、ありがと」

助手席に乗り込んでお礼を言うと、笑顔で首を横に振っている。

「これくらいお安い御用だよ。ベスは寝ちゃって、相手してくれないし。楽しかったみたいだね」

俺の顔を見た香乃子が尋ねてくる。

「やっぱり、愛する旦那さまのことはわかるか……」

「なんでそういう話になるのよ」

車を発進させた香乃子は、くすくす笑っている。

「あのさ……バレた」

「なにが？」

どうやら彼女も、俺がとっさに名前を呼んだことに気づいていないらしい。

「救命でペニシリン集めたとき、俺、『香乃』って呼んだみたいで」

「えっ⁉」

「付き合ってるだろと堀田先生と倉田先生につっこまれて、嘘は言えずに結婚してると」

香乃子は深刻な顔をするかと思いきや、笑いだす。

「聞かれちゃったんじゃしょうがない。広まるかな」

「広めるつもりはないって話してたから、多分大丈夫だと思う。周りの人は盛り上がってて、俺たちの話なんて聞いてなかったし」

「まあ、実際夫婦なんだし、いいよ」

困った顔をされなくてよかった。彼女が、なにがなんでも結婚を知られたくないわけではないとわかって安心した。

「待って。会社に知られると配置換えされる?」

彼女は少し焦った様子で言う。

それは俺と組んでいたいということだろうか。

「その可能性はあるけど、これだけ実績上げてるからこちらも強気で出られる」

「課長脅さないでよ。……先生たち、私たちのことなにか言ってた?」

「うーん。女性は俺たちより肝が据わってるって」

なんとなくふたりのドクターと話したことは胸にしまっておきたくて、その部分だけ伝える。

「それ、結婚してることに関係ある?」

「ない？」

「ないでしょ」

香乃子はかすかに肩を震わせて笑っている。

あの話からして、倉田先生も堀田先生もいい恋をして奥さんと結ばれたんだろうなと感じた。俺もふたりのあとに続きたい。

「肝は……そうだね。据わってるっていうか、据わらざるを得ないときはあるよね」

楽しそうな顔から一転、香乃子の表情に憂いが漂う。

「どんなとき？」

「……そういうこともあるかなっていう話」

彼女は場を取り繕うために嘘をついている。短い沈黙がそう思わせた。

なにが香乃子の表情を曇らせるのだろう。俺ではどうにもできないことなのだろうか。

「お腹いっぱい食べられた？」

「あんまり。カップ麺かなんかある？」

「だと思って、うどんの用意がございます」

「さすが、香乃子」

本当に気が利く。

「あっ……冷凍のうどんね。大根おろして梅とねぎを入れるだけ」

「十分だよ。俺のこと考えながら準備してくれたんだろ。寂しかった？」

「また調子に乗る！」

こうやってけしかけると、香乃子の頬が赤く染まる。今もそうだ。かわいすぎてやめられない。

赤信号でブレーキを踏んだ香乃子の頬にそっと触れると、彼女は目を見開いている。

「俺は寂しかったよ。早く香乃子に会いたかった」

「あ……はい」

「事務的な返事だな」

そんなふうに返したけれど、彼女がドキドキしているのが伝わってくる。落ち着きなく目を動かし、俺を見ようとしない。

「運転中でしょ。そういうことはあとにして」

そうけん制された俺は、体を乗り出して唇を重ねた。

「ちょっ……」

「もうちょっと濃厚なのしたかったのに、シートベルトに阻まれた」

手で引き出したのに、軽く触れるくらいしか届かなかった。

「運転中って言ったでしょ！」

「すみません、先輩。かわいくて、つい」

「もう！」

口を尖らせて怒った振りをする彼女も、最高にいい。結局、どんな香乃子も好きなのだ。

マンションに帰ると、手早くうどんを作ってくれた。おそらく一緒に食べる気で夕食を少なめにしたのだろう。香乃子は自分の分もテーブルに並べて食べ始める。

「こういう遅い時間に食べる食事って、背徳感あるよね」

香乃子がおかしなことを言いだす。

「背徳感って？」

「太るってわかってるのにやめられない。でもそれが最高においしい！みたいな」

楽しそうに語る彼女を見ているだけで心躍る。

「俺も、酔ってるのに妻を抱くのに背徳感があるな」

「は？」

「明日の朝起きるのがつらいとわかってるのにやめられない。でもそれが最高に気持ちいい」

「聞かなかったことにします」

再び黙々と食べ始めた香乃子だけれど、しばらくして我慢できなくなったようで、肩を震わせて笑っていた。

◇◇◇

年明けからいきなりバタバタしているけれど、気持ちのいいスタートを切れたと思う。

今日は裕一郎くんと一緒ではなく、ひとりで開業医を回っている。大体午前の診療が終わったあと面会してもらえるのだが、ほかのメーカーのMRも多く、順番待ちをするのがいつもの光景だ。

待ち時間が長く手持ち無沙汰なので文献を読んでいると、隣にいた四十代後半のベテランMRと外資系メーカーの若いMRが小声で会話を始めた。

「うち、社長交代したんだよ。前社長のできの悪い息子が就任して……」

「七光りってやつですか」

「MRやってたこともあるんだけど成績は散々で、結局秘書。社長業の勉強のためにって異動したけど、営業で使えなかったんだよね。会社潰すんじゃないかって、皆ひやひやしてるよ」

ふたりの話を聞きながら、裕一郎くんの顔を思い浮かべた。

彼は社長業を継ぐとは明言しない。けれど、堀田先生に『供給が不安定になりがちな薬剤や、オーファンドラッグのあたり、天邦製薬が率先して安定供給できるよう努力することをお約束します』と堂々と宣言したところを見るに、その覚悟があると思われる。

やっぱり、この先ずっと妻でいるなんて無理か……。

裕一郎くんが社長になんてならなくていい。今の平穏で幸せな生活を続けられたら最高だ。

けれどそれは私の勝手な願いであって、志《こころざし》ある裕一郎くんの未来を壊す権利なんて私にはない。

いち社員の妻の父親が過去に罪を犯していても、黙っていればわからないだろう。でも、夫が会社のトップに立つとなるとそうはいかない。妻の経歴にも注目される可能性がある。

結婚を強行したことを怒っているだろう裕一郎くんのお父さまは、私の過去について知れば離婚を迫るに違いない。

お父さまはそもそも、結婚は仕事を優位に運ぶための手段としか思っていないようなので、たとえ私たちが本気で愛し合っていると主張しても聞く耳を持たないはずだ。

裕一郎くんは反対を見越して籍を入れてから結婚を報告したらしく、私の身辺調査も行われていないようだ。その点では助かっているけれど、お父さまが本気になれば、私の過去などすぐにわかってしまうだろう。

まさか、もう知られているということはないよね……。

父の罪について世間に知られ、裕一郎くんが窮地に陥る可能性がほんのわずかでもあるのなら、身を引くべきだ。

私は裕一郎くんの重荷にはなりたくない。

彼が好きだから。心から、愛しているから。

「天邦製薬さん、中へどうぞ」

「はい」

受付の女性に呼ばれて我に返った私は、気を引き締めて診察室に向かった。

「ベス、ただいまー」

その日は少し遅くなり得意先から直帰すると、玄関を開ける音を察知してエリザベスが廊下に出てきた。抱き上げるとずっしり重い。

「ねえ、ちょっと太った？　せっかくダイエット成功してたのに、ニセコのあと甘やかしすぎたかな……」

ペットホテルに預けられたのが気に入らなかったらしいベスは、私たちが家に連れ帰っても素っけなく、定位置にしている私の膝の上にも乗らなくなった。

約束通り、ベスの大好きなカツオの猫缶をあげたら機嫌を直してくれたものの、ダイエット用のキャットフードの食いつきが悪くなり、時々カツオの缶詰も与えている。

――ニャッ。

ベスはカツオの缶詰を制限されることを察しているかのように、短く鳴いた。

「運動しようか。……裕一郎くん、まだなんだね」

現在十九時二十五分。先に帰っているかもしれないと思ったけれど、リビングは暗い。

「ご飯の用意しよ。ベス、行くよ」

廊下にベスを下ろし、リビングへと向かった。

「なにしよっか。鶏ももがあるから照り焼きにして、あとは……大根とひじきの煮物と、ポテトサラダでも作るか……」

エリザベスに話しかけても、あげたばかりの餌に夢中だ。私は料理を作り始めた。すべて作り終えたあとは、ベスとの癒やしタイムが始まる。抱き上げると、待ってましたとばかりにミャーミャー鳴いてくれるのがかわいい。

「猫じゃらしで遊ぼ。ちょっと絞らないと」

運動させなければと思い猫じゃらしを持ち出すと、ベスは喜んで遊んでくれた。しばらくして疲れたのか、動きが鈍くなり、そのうちお気に入りのクッションで丸くなる。

「今日はここまでか……」

エリザベスの頭を撫でながら時計を見ると、もうすぐ二十一時。

スマホを確認しても、裕一郎くんからの連絡は入っていない。遅くなるときはメッセージを入れてくれるけれど、ドクターに捕まっているのかもしれない。

「どうしたのかな」

ペニシリンのときのように困っているなら手を貸したい。でも、連絡がないということはそうではないのだろう。

あまり気にしないでおこうと、さっとシャワーを浴びてソファで読みかけの文献を手にした。けれど、最近ハードな仕事が続いたからか集中力を欠き、頭に入ってこない。それに加えてベスが膝の上に乗ってきたものだから、文献を放り出した。

「今日はもうやめ」

ソファに横になると、もうダメだ。眠気に襲われて、ベスを抱いたまま眠ってしまった。

「はー、くそっ」

遠くで誰かの声がする。けれど眠気が覚めず、まぶたを持ち上げられなかった。

「俺にだって、自分の人生を自分で決める権利はあるだろう？　なあ、ベス」

裕一郎くんだ。

起きようとしたものの彼の手が頭に触れたので、なんとなく目を開くタイミングを逸してしまった。

「俺の味方は、香乃子だけだ」

私の頭を優しく撫でながら言う彼の声が、どこか寂しげでとても気になる。

「香乃、好きだよ」

そんな愛の告白のあと、こめかみに唇が触れた。

裕一郎くんの強い愛がまっすぐ伝わってきて、胸がいっぱいになる。私も、もう彼のいない生活なんて考えられないほど惹かれている。

それにしても、様子がおかしい。なにかあったのだろうか。

これまでの話は聞かれたくなかったのではないかと思い、身じろぎしてみた。

「落ちるぞ」

「うーん。裕一郎、くん……？」

わざとらしくなかっただろうか。寝ぼけた振りをして目を開くと、彼はソファを背もたれにして床に座っていた。

「ベッドで寝る？　運ぼうか？」

「ううん。ご飯、食べてきた？」

「まだ。遅くなってごめんな。ちょっと面倒なドクターに捕まって、連絡もできなかった」

彼は嘘をついている。

そう感じるのは、いつも恥ずかしいくらい私の目を見て話してくれるのに、ちっとも視線が合わないからだ。

「そっか。すぐ温めるね。シャワー浴びてくる？」

「香乃子と一緒がいいな」

彼は甘えるように私に抱きついてくる。

「残念。浴びちゃった」

「しょうがないな。行ってくる」

彼が私に抱きついたのは、気落ちした顔を見られたくなかったから？

そんなふうに勘ぐってしまうほど違和感があった。

それでも食事のときは、普段通り。シャワーで気持ちが整ったのかもしれない。

「この大根、味が染みてる」

「うん、いい感じだね」

「はい、あーん」

裕一郎くんは大根を箸でつまんで私の口の前に出した。

自分で食べられるのに、彼は時々こういうコミュニケーションをとりたがる。照れくさいけれど嫌ではないので、素直に口を開いた。

「おいしい？」

「うん、おいしい」

咀嚼《そしゃく》したあと答えると、彼は満足そうに自分の口にも運んだ。

「なんかトラブルがあった？」

どうしたのか気になり遠回しな聞き方をすると、彼の箸が一瞬止まる。

「そういうのじゃないから心配いらない。俺の面会が最後だったから、話し込んだだけ」

「そっか」

口を割らない彼をこれ以上追及すべきではないと感じて、食事を続けた。

その晩。裕一郎くんはベッドで私を抱きしめてきた。その力があまりに強くて、少しもがく。

「ちょっと苦しい」

「ごめん、ごめん。ベスと間違えた」

「間違えないでしょ」

彼は背に回した手から力を抜いたものの、私を放そうとしない。

「なあ、香乃子」

「ん？」

「俺は香乃子だけが好きなんだ。そういうの、重い？」

珍しく弱気な発言に、少し距離を取ってから口を開く。

「重いよ。でも、嫌じゃない」

これは本音だ。彼の愛はとてつもなく重い。けれど、もっと重くてもいいと感じるほど心地いい。

結婚して一緒に住むようになり……きっと私のよくないところもたくさん見せているはずだ。それなのに、彼の愛は深くなる一方で、私はそれに溺れている。

彼の目を見つめて言うと、安心したように口元を緩める。

「キス、していい？」

「いつも許可なんて取らないくせに」

改めて聞かれると照れくささが増すからやめてほしい。

そう伝えると、起き上がった彼は私の顔の横に両手をついた。

「香乃子の許可が欲しいな」

甘えモードのくせに、色香を纏った彼の瞳にドキドキさせられる。

「いいよ」

「濃厚なのでも？」

「……して」

彼の心が悲鳴をあげているのが見える気がして、私は自分から首に手を回して彼を引き寄せ、唇を重ねた。

少し開いた彼の唇から差し出された熱い舌が、口内に侵入してくる。私の舌を捕まえた彼は、逃がさんとばかりに絡めてきた。

「ん……」

あまりに激しいキスに鼻から抜けるような声が出る。すると彼は私のパジャマのボタンを外し、胸を少し乱暴に揉みしだいた。

「あっ……もっとゆっくり……」

いつにない荒々しさを伴う行為にそう言ったけれど、やめてほしいわけじゃない。

これで彼の心に潜む痛みを軽くできるなら、もっとしてほしい。

「香乃……香乃子」

私の名を何度も呼ぶ裕一郎くんは、いたるところを吸い上げ、キスマークをつけていく。

やっぱりいつもと違う。これほど余裕がないのは初めてだ。

「裕一郎、キスして」

キスをねだると、彼は噛みつくような口づけを落とす。その行為一つひとつから彼の強い愛を感じて、私も必死にしがみつく。

「香乃、好きだ。好きなんだ」

うっすらと汗をかくほど激しいセックスは、体の快楽とともに幸せを運んでくる。

情熱的に私を求める裕一郎くんから嫌というほど愛を感じて、感極まってしまうほどに。

「ごめん。激しすぎる？」

「ううん、そうじゃない」

私は〝ずっと一緒にいたい〟という言葉を、必死に呑み込んだ。

どうしても、彼の汚点にはなりたくない。

父の犯した罪が、こんなに私の生涯を縛るとは思ってもいなかった。母とふたり、新しい街で生活を始め、もう過去とは決別したつもりだったのに。いざ大切な人ができると、とてつもなく大きな障害となって私の前に立ちふさがった。

「香乃、愛してる。生涯お前だけでいい」

「裕一郎……」

私だって生涯あなただけ。もしこの先別れが待っているとしても、彼以外の男性を好きになるなんて考えられない。

それくらい裕一郎くんは私の心を占領した。

「なにがあっても、俺を信じてくれないか」

「もちろん、信じる」

彼はいつだって、私を最優先に考えてくれる。だから、その答えに迷いはなかった。

私の答えに満足げに微笑んだ彼は、優しいキスをくれた。

少し様子がおかしかった裕一郎くんだけれど、翌朝はすっかり元通り。もりもり朝食を食べ、出勤の準備が終わっていなかった私の代わりに、食器を片づけてくれた。

「ベス、行ってくるな」

ベスの頭を撫でて挨拶を済ませた彼は、玄関で靴を履こうとした私の腰をいきなり抱く。

「な、なに？」

「見えてる」

「なにが？」

耳元でささやいた彼は、私の首元に触れた。

「あっ」

キスマークのことだろう。

「しょうがないなぁ。しばらくシャツのボタンは留めること」

「誰がつけたのよ！」

「香乃子がフェロモン垂れ流すから悪いんだろ」

「なによそれ」

――ニャアーッ。

押し問答していると、エリザベスが大きな声で鳴く。

「やば、遅刻する」

「ベス、教えてくれてありがと。行ってくるね」

私もベスの頭を撫で、ふたりでマンションを飛び出した。


その日から裕一郎くんはしばしば帰りが遅くなるようになった。私には、『新薬が採用されそうで粘ってる』と語るが、絶対にそうじゃない。時折ベスを抱いて放心していて、なにか悩みを抱えているように見えるのだ。

「裕一郎くん、ビール飲む？」

冷蔵庫からビールを取り出して尋ねる。

彼は酒豪というわけではないけれど、結構強い。家では時々しか飲まないが、悩みがあるなら飲んで寝てしまうのも効果的ではないかと考えた。

「やめとく。止まらなくなりそう」

止まらなくなるのは、ストレスのせい？

「そっか」

「あっ、香乃子飲みたい？」

「私はいい。そんな好きじゃないし」

彼が飲むなら付き合うけれど、積極的に飲みたいわけではない。

「なんだ。酔った香乃子、感度いいんだけど」

「それならますます飲みません！」

心当たりはあるけれど、恥ずかしすぎて適当に反論しておく。

私も裕一郎くんの隣に行って腰かけた。するとベスが私の膝に移動してくる。

「かわいがってやってるのに、裏切者め」

裕一郎くんは、私の膝ばかり狙うエリザベスに文句を言っている。

「まあ、この膝のよさを知ったら離れたくないよな」

いつものように冗談を口にしているのに、やっぱり目に力がない。目力が強いのは彼の魅力のひとつなのに。

「裕一郎くん、最近元気ないよね」

「そう？ 元気だよ。ベッドのお誘い？」

「違います。……悩みがあるとか？」

思いきって切り出すと、眉をピクッと動かした彼はすぐに笑顔を作った。

「うん、ある。よくわかったな」

まさかこんなに簡単に認めるとは思っておらず、驚いた。

「なに？」

問うと、彼は黙ったまま私をまっすぐに見つめて微動だにしない。

この沈黙はなんなのだろう。

「どうしたら俺の愛が伝わるかなって」

「えっ？」

「心がつながったと思った瞬間、するっと逃げられてしまう。焦っちゃいけないと気持ちを抑えるけど、やっぱり苦しい」

「裕一郎くん……」

彼は私がずっと一緒にいると言わないことに悶々としているのだろう。それほど悩ませているとは思わず、申し訳ない。

父のことを明かしてしまおうか。

きっと彼なら『香乃子には関係ないことだ』と受け止めてくれる。離婚しようなんて絶対に言わない。

でも、だからこそ話せないのだ。彼にまで父の過去を背負わせる羽目になる。

父が罪を犯したとき、私は世間の矢面に立ちひたすら頭を下げ続けた。私も母も父の行動で地獄に突き落とされた側だったのに、家族だからという理由で、まるで犯罪者のようにけなされ冷たい言葉を浴びせられた。

もちろん、父のせいで迷惑を被った方に対しての謝罪は、最初からするつもりだった。けれど、まったく無関係な人たちからの、私や母を傷つけることが目的のような罵《ば》詈《り》雑《ぞう》言《ごん》に心が完全に凍ってしまった。もう生きていたくないと思うほどに。

あれを裕一郎くんにまでさせることになるかもしれないと思うと、とても話せない。

父のことを知ってしまったら、彼は間違いなく私の盾になろうとするから。

彼は将来大きな会社を背負う身。そんな事態に陥ったら、私や母とは比べ物にならないほど大きなものを失うことになる。

これまでの努力なんて関係なく、妻が犯罪者の娘というだけで、なにもかも失うかもしれないのだ。

だったらすぐに離れればいいのかもしれないが、それもできないほど彼を愛してしまった。

結局、私は弱くて勝手だ。裕一郎くんを守りたいのに、ぎりぎりまで一緒にいたいという気持ちを抑えられないのだから。

「ごめん。こんなこと言うつもりじゃなかったのに。俺、どうかしてる」

「ううん」

もう潮時なのだろうか。離れる覚悟を決めるべき？

「香乃」

彼は気を取り直したように笑みを浮かべて私の手を握る。

「俺、ちょっと父さんと揉めてて。でも、香乃がいてくれるなら必ず乗り越える」

まさか、お父さまとの間にいざこざがあったとは。私が心配すると思って話せなかったのだろう。

「うん。ここにいる。手伝えることとある？」

「ただ俺の隣にいてくれるだけでいい。ありがとな」

裕一郎くんが私を抱きしめると、エリザベスは私の膝からぴょんと飛び降り、どこかに行ってしまった。

その翌日から、裕一郎くんは吹っ切れたようにまたもとの彼に戻った。

「真野、新規二件も上がってるじゃん」

野呂さんが実績を確認して私を褒める。

抗リウマチ薬を開業医で立て続けに採用してもらえたのだ。

「やりました」

ガッツポーズを作ってみせると、細川さんがやってきた。

「真野さん、やっぱりすごいや。全然追いつけない」

「コツコツだよ、コツコツ」

「俺も上げましたよ」

口を挟んできたのは裕一郎くんだ。

「ほんとだ。矢部内科クリニック」

野呂さんのつぶやきに、細川さんと顔を見合わせて目を見開いた。細川さんをホテルに誘ったあの矢部先生のところだ。

「嘘……」

今後の取引は難しくなると思っていたのに、新規とは。

「ほんとです。このくらい、ちょろいですよ」

裕一郎くんはそう言いながら、細川さんの肩を励ますようにトンと叩いている。

責任を感じなくていいと言っているのだ。きっとこの新規の契約も、細川さんの気持ちを軽くするために頑張ったのだろう。彼女に一切非はないのに、取引がなくなりそうだったのだから。

やっぱり、私の旦那さまは最高だ。

「それじゃ、今日も頑張りますか」

裕一郎くんが言うと、皆がうなずいた。

部署を出て廊下を歩いていると、裕一郎くんが追いかけてきた。

「真野さん。置いていかないでくださいよ」

置いていかないでって、今日は同行じゃないのに。本当に忠犬みたいだ。

「あとで野上で合流ね」

「はいっ」

かわいい後輩の顔をする彼は、笑顔でうなずいている。

ふたりでエレベーターに乗り込みドアが閉まった瞬間、いきなり壁に追いやられて顔の横に腕をつかれた。

「俺、ちょっと頑張って新規取ったんだよね」

さっきのかわいい『はいっ』という返事はなんだったのか。私だけが知っている裕一郎くんが降臨した。

「うん。ありがと。すごくかっこいい」

素直に褒めたたえると、彼が距離を縮めてくるので鼓動が勢いを増していく。

「俺、香乃の笑顔を見られるなら、なんだってできそう」

彼は私の頬にそっと触れる。

「私も。裕一郎くんの笑顔を見られるなら、頑張れそう」

そう伝えると、彼は私の耳元でささやく。

「煽るのうますぎ。キスしたくなる」

裕一郎くんが先に言ったんでしょう？

目をぱちくりさせて固まっていると、エレベーターが一階に到着して、彼は何事もなかったように離れていった。

「真野さん。それじゃあ、あとで」

愛くるしい笑顔で軽く手を上げて離れていく彼に、言葉も出ない。

「ドキドキさせないでよ」

私は胸に手を置き、気持ちを落ち着けてから歩き始めた。


それぞれの得意先で仕事をしたあと、野上総合で合流してふたりで薬剤部に顔を出した。その帰りに、しつこく私を誘おうとした内科の研修医とすれ違いそうになったけれど、彼は私たちを見つけるやいなやくるっと方向を変えて離れていった。

ふと隣を歩く裕一郎くんを見上げると、眼光が鋭い。目力が戻ってきた。……なんて、こんなことで戻るのも複雑な気分だ。

「裏の顔出てるよ」

「出してるんだ」

そんな返事に笑ってしまう。

「私、会社に戻るけど……」

「俺、ちょっと社長のところに行ってくる」

真顔になった彼を見て、緊張が走る。

「御堂くん、あの……」

「大丈夫ですよ。真野さんがあとでご褒美くれると思うんで」

私が御堂くんと呼んだからか瞬時に後輩の仮面をかぶったくせして、彼はさりげなく自分の唇に指で触れる。

それはキスの催促？　エレベーターで我慢したから？

「俺、天邦製薬に入るからにはやりたいことがあったんだ」

「なに？」

「オーファンドラッグの開発」

「あっ……」

彼が救命救急の堀田先生に語っていたことを思い出した。

やっぱり本気だったんだ。

「採算を取るのが難しくても、製薬メーカーの使命だと思ってる。症例数が少ないからといって切り捨てられない。うちも今、開発中なの知ってる？」

「うん。T細胞急性リンパ性白血病の薬でしょ」

T細胞急性リンパ性白血病とは小児に多く発症する悪性腫瘍《しゅよう》だ。現在ある薬剤でも治療成績は比較的良好であるが、一部効かない人もいる。そうした患者さんに向けた薬の開発が進んでいると聞いた。

「それに関連して、ちょっといろいろ。これ以上は、今は話せない。ごめんな」

私が心配していると わかって、話せる範囲で明かしてくれたようだ。企業秘密なので当然だろう。

それにしても、もうそんなことにもかかわっているとは知らなかった。

「ううん。無理やり聞き出したみたいで、ごめん」

「いや、いいんだ。俺がこうやって前向きに考えられるようになったのは、香乃子のおかげだし」

「私？　なんかしたっけ？」

助けてもらっているのは私のほうだ。

「香乃子は隣で息をしてるだけで尊いよ」

「ほんとに？」

私がすーっと大きく息を吸ってみせると、彼はくすっと笑う。

笑顔が戻ってよかった。それに、なんのことか心当たりはないけれど、私が裕一郎くんの役に立っていればうれしい。

「じゃあ、頑張ってきて」

「あっ、先輩。俺、領収書出すの忘れてて、ついでにお願いできませんか？」

ころころ後輩と夫を切り替える彼に笑いながら、領収書を預かった。

「処理しておきまーす。頑張ってね」

「サンキュ」

拳《こぶし》を彼の前に出すと、彼は拳をこつんとぶつけてうなずいた。

◇◇◇

父にオーファンドラッグについて話があると呼び出され、渋々実家に足を向けた。

会社では親子であることを公表していないため、家での面会にしてもらったのだ。

天邦製薬に入ると決めたとき、オーファンドラッグの開発に携わりたいと話し、了承されていた。もちろん、薬学や医学の専門的な知識があるわけではないため、経営側の人間としてだ。

久しぶりに顔を合わせた父は、白髪が増えた気がするが張りのある顔をしている。

リビングのソファに向かい合って座り、離れに住んでいた頃にお世話になった木村さんが出してくれた紅茶を口にしてから切り出した。

「それで、なんでしょう」

他人行儀になるけれど、仕方がない。

仕事を成功させるための駒としか母を見ず、あらぬ罵声をぶつけて追い詰めた父を、いまだ許すことはできないのだ。

再婚した母の新しい生活を邪魔したくなくて、中学生の頃に仕方なく離れに戻ったが、ほとんど顔を合わせることもなかった。

ただおそらく、俺の行動は逐一《ちくいち》チェックしていただろう。

「以前話していたオーファンについてだ。開発は順調に進んでいるようだが、資金が厳しい。アメリカでのオーファン指定も申請するということだったが、この先、開発が進められるかどうか」

それぞれの国が、まれな症例に使用する薬剤の開発を促進させるための優遇措置を定めている。助成金が交付されたり、承認の申請を優先してもらえたりするこの措置を受けるために、オーファン指定を目指すのだ。

父の発言に脱力した。天邦製薬の業績は明るく、製薬業界の中でも伸び率の高い会社だ。うちがダメなら、他メーカーはもっと苦しいはず。

おそらく父は、採算が取りにくい開発を少しでも早く打ち切りたいのだろう。

「資金調達はいくらでもできますよね。もちろん、開発が失敗する可能性もありますが、そのリスクを恐れていてはなにもできません。幸い天邦製薬の業績伸び率は、業界でもトップクラスです。その信用を盾に、銀行に融資を申し込めば応じてくれるはず」

資金が足りなければ調達するだけだ。

天邦製薬は大手銀行との取引額も多く、無下にされることはないに違いない。

そう話しながら、ふとある考えが頭をよぎった。

もしかして父は、俺と香乃子の結婚を壊したいのではないだろうか。

俺たちの結婚は、父に言わせればなんの利益も生み出さない無駄なもの。離婚させ、以前政略結婚を提案された、金融大手の三友《さんゆう》銀行の頭取の娘との結婚に持っていきたいのではないかと。

香乃子と籍を入れたと報告したとき、父は憤りを見せたものの、意外にもあっさり引いたため拍子抜けした。同時に、なにか裏があるのではないかと勘ぐったが、その懸念が当たってしまったのかもしれない。

おそらく……結婚してしまった以上、すぐに離婚するのは世間体が悪い。しばらく様子見をして香乃子を悪者にして別れさせ、改めて頭取の娘との縁談を進める算段だったのではないかと。

血も涙もない人だ。

俺は父の顔を見ながらため息をついた。

大企業を背負う重責は、俺の想像以上だろう。万が一業績を悪化させ倒産なんていう事態になれば、大きな混乱を引き起こすこと間違いなしだ。

とはいえ、私生活まで仕事の犠牲にしなければならないなんて間違っている。

父はそれでよかったかもしれないけれど、母は政略結婚だとしても愛を育みたいと思っていたようだ。そんな母を威嚇《いかく》して支配し縛り続けたのは、もちろん母の父である政治家の力を手放したくなかったからだ。

離婚に同意したのも別の政治家とのパイプができたからだと、母が悲しげに話していたのを忘れられない。

そんな父とは、根本的に大切にしたいものや生き方が異なる。

「それが、銀行が難色を示していてね」

「その理由はなんですか？」

俺は父の策略に気づかない振りをして話を進めた。

「お前の婚約破棄だ」

父は淡々と、しかし怒りのこもった声で言った。やはり、まだ政略結婚をあきらめていないようだ。

「随分私的な話に振り回される銀行ですね。別の銀行をあたりましょう」

銀行はひとつではない。天邦製薬の近年の伸び率を見れば、ほかに手を挙げる銀行があるはずだ。

「もちろん、あたったよ。だが、これほどの金額の融資にうなずいてくれるところは見つからなかった」

父はテーブルに書類を投げた。

たしかに、新薬の開発には十年以上の年月がかかるものもざらにあり、一剤開発するのに五百億円はくだらない。

そんな中、今回対象となっている薬の開発には、いつも以上の投資が必要となる見通しだ。

特殊な技術を駆使するため、有能な人物を複数人ヘッドハンティングしてきており、能力に見合った給料を払う必要がある。現場からは、開発に必要な精密機械がさらに必要になると聞いた。まだかなりの資金が必要なのだ。

「まさか……」

それを手に取ると、いくつかの銀行からの融資を断る書類が束ねられていた。

「横のつながりを甘く見てはいけない。これまで関係が良好だった三友さんが手を貸さないとあれば、なにか理由があると考えるのが普通だ。そういう情報はすぐに流れる。当然ほかの銀行は二の足を踏むだろう」

父は難しい顔をして腕を組んでいる。

被害者のような顔をしているけれど、融資を控えさせたのは父ではないのだろうか。

そうやって俺と頭取の娘との結婚が成立すれば、今後銀行との関係は安泰だ。それに万が一俺が結婚を拒否しても、オーファンドラッグの開発に消極的な父は困らない。即座に手を引き、患者数が多く見込まれる新薬の開発に切り替えるだろう。これまでの開発費は無駄になるが、完成してもつぎ込んだ資金を回収できない可能性がある薬より、そちらを望んでいるように見える。

「この薬を待ち望んでいる患者はどうなるのですか？」

「別に開発をやめなくても、別の会社に引き取ってもらえばいい。外資も含めて打診すれば、それなりに引き取り手が現れるだろう」

つまり、これまでの技術を売り渡すつもりなのだ。

「そんなことをしていたら、開発職の人間が逃げ出します」

天邦製薬の開発者たちは、皆士気が高い。何度か直接会って話したことがあるけれど、誰かの命を救うのだという使命に燃えている人ばかりだ。

毎日毎日研究に没頭して積み重ねたデータをあっさり売ると言われて、心折れない人なんていないと断言できる。

「代わりはいくらでもいる」

心ない言葉に腹が立ち、テーブルを思いきり叩いてしまった。

「社長には血が通っていないのですか？　優秀な人材は財産です。こんなことをしていたら我が社はつぶれます」

トップに立つ者であれば、ときにはドライに切り捨てなければならないものもあるのは理解できる。けれど父は、大切なものまで簡単に捨てる。薬も開発者も……そして父を信じて結婚した母も。

「血が通っていないのはお前ではないのか。お前さえ結婚を承諾すればなにもかもうまく行ったのに。今からでも遅くない。先方はお前を気に入って待ってくださっている」

既婚者を待ち続けるという感覚がさっぱりわからない。愛し合っていたのに引き裂かれた相手ならまだしも、そんな感情を抱いたこともないのに。

「私には妻がいます」

「離婚すればいい。そもそも彼女は関家《せき》にふさわしい嫁ではない」

関というのは父の姓だ。

関家にふさわしい嫁とは、金を運んでくる人のことだろうか。だとしたら、たしかに香乃子はふさわしくない。俺はそんなことは微塵《みじん》も望んでいないが。

「俺は御堂です」

あきれて会話をするのも嫌になり、子供じみた発言をした。

「そんなことはわかっている。だが、お前は私の息子だ。それに、彼女に奨学金を出す代わりに、会社に貢献すると約束したはずだ」

「しましたね。ですが、好きでもない人と結婚する約束はしてません」

「それも社長となる者の使命だ」

話は平行線をたどり、いつまでたっても交わる気配はない。

「私は彼女と別れる気はありません。絶対に。今日は失礼します」

生涯、隣を歩きたいのは香乃子だけ。なにがあっても香乃子は手放さない。

頭に血が上り、これ以上冷静に話ができないと感じた俺は、実家をあとにした。

父の考えはまったく理解できないし、したくもない。しかし『血が通っていないのはお前ではないのか』という言葉が胸に突き刺さった。俺のせいで新薬の開発を断念しなければならない事態になったら……と一瞬ひるんだのだ。

けれどやっぱり、自分の人生をあきらめたくない。香乃子を、あきらめられるわけがない。

「俺は香乃子だけが好きなんだ。そういうの、重い？」

マンションに帰り、俺の異変を察知して心配する香乃子に尋ねたのは、自分は間違っていないという自信が揺らいだからだ。彼女を一途に思う気持ちが、異常なくらい強いのではないかと。ひょっとしたら、香乃子は迷惑なのではないのかと。

「重いよ。でも、嫌じゃない」

香乃子が微笑みながらそう言ってくれたとき、どれだけ安心したか。彼女を腕の中から離したくなくて夢中で抱いた。

香乃子のおかげで、俺はなにもあきらめないと決めた。彼女も、もちろんオーファンドラッグの開発も。

仕事の合間にいくつかの銀行の担当者に会いに行ったが、どこも渋い顔をされた。どうやら、現在開発中の新薬が頓挫する可能性が高いというあらぬ噂が流れているようだ。

考えたくはないが、これも父と三友銀行の頭取が仕組んでいる気がしてならない。どうしたら噂を否定できるのだろう。

新薬の開発に、絶対失敗はないと言いきれないのがつらい。

それから何度か実家に通い父の説得を試みたが、聞く耳を持とうともしない。香乃子と離婚して、三友銀行の頭取の娘と結婚しろの一点張り。

最初はその魂胆を濁していたのに、もう隠しもしなくなった。

勝手に彼女との食事の席まで設けられていたが、断固拒否した。個室でふたりきりなんて、不倫だと疑われても言い訳できない。なにより、香乃子を傷つけるような行動はしたくなかった。

どんなに動いても状況が打破できず頭を抱える俺に、ニセコに招待してくれた友人の神木から連絡が入った。ずっと海外で仕事をしている彼は、久しぶりに帰国したという。

少しまいっていた俺は、気持ちのリフレッシュも兼ねて彼に会うことにした。

狂いだした運命の歯車

裕一郎くんは元気を取り戻したものの、まだ時折物思いにふけっている。オーファンドラッグの開発がうまくいっていないのだろうか。

現在開発中の薬は、動物実験などをする非臨床試験の段階にあるとは聞いているが、効果が確認できないのか副作用が大きいのか……。私たちいちMRにはそのあたりの細かな情報は下りてこないのでわからない。

ただ、新薬開発が暗礁《あんしょう》に乗り上げるのは珍しいことではなく、実際に開発に成功するのは三万分の一とも言われている狭き門。トライアンドエラーの連続があたり前の世界だ。

もちろん開発断念ということになれば、投資した資金は回収できないわけで、経営陣にとっては頭の痛い話ではある。

しかし、開発が簡単に進まないことなど裕一郎くんだってよくわかっているはず。彼がここまで落ち込んでいるのは、それだけ今回の新薬にかける情熱が高いということだろうか。

今日は裕一郎くんとはまったく別行動で、私は野上総合病院の小児科を訪問してドクターに面会したあと駐車場に向かった。

「天邦さん」

救命救急科の近くを歩いていると、堀田先生に呼び止められた。

「お世話になっております」

「こちらこそ。ペニシリンのときは本当に助かったよ。ありがとう。……えっと、香乃さんって苗字は……？」

〝香乃さん〟と呼ばれて、あのペニシリン騒動のときに裕一郎くんとの結婚がバレたのだったと、苦笑いする。

「申し遅れました。真野香乃子と申します」

救命救急は裕一郎くんが担当しているため、きちんと挨拶をしたことがなく、慌てて名刺を差し出した。

「あっ、香乃子さんなんだね。いつも御堂くんが自慢してるよ」

「自慢、ですか？」

「そう。内科系の疾患に関する薬剤のことは、真野さんに聞けばなんでもわかるって。だから、どんな質問でも受け付けますってね」

「いえ、そんな……」

救命救急はどんな傷病であろうとも、知識と技術をフル動員して即座に対処しなければならない。

それぞれの疾患の専門の科に比べると知識は広く浅くではあるけれど、野上総合の救命のドクターはレベルが高く、経験も豊富。そんな診療科に所属している優秀なドクターに、とんでもない発言をしないでほしい。冷や汗が出てきた。

「御堂くん、かなりできるMRだよね。俺たち、最先端の医療について勉強してるつもりだけど、忙しいと情報収集を忘れがちで。でも御堂くんがいつも文献を持ってきて、『薬剤の新しい使い方の研究が進んでいるんですね。知りませんでした』なんて知らない振りをして、教えてくれるんだ。絶対読み込んで勉強してるくせに」

間違いない。裕一郎くんが自分の理解していない文献をドクターに提示するなんてありえないから。

堀田先生、彼のことをよくわかっているんだな。

「それが自社製品だけじゃないのがすごい。ライバル社のものであろうと、俺たちに有益だと思ったことはどんどん教えてくれるから、最近は皆で頼ってる」

「ありがとうございます。御堂が喜びます」

裕一郎くんが褒められると、つい目尻が下がる。彼の努力を一番近くで見てきたから。

「いいカップルだよね」

「はいっ？」

「切磋琢磨《せっさたくま》してるという感じで好感度が高い。御堂くんをよろしくお願いします」

「……あっ、はい」

すでに私たちの関係を知っている堀田先生にどう返したらいいかわからず、素直に『はい』と答えてしまったけれど、改めて裕一郎くんとの仲を肯定したようで面映ゆい。

けれど、妻として鼻が高かった。

堀田先生と別れたあと、駐車場に向かう。

今日は厚い雲が広がっており気温も上がらず、病院を出た瞬間冷えた風が吹いてきて、顔が険しくなるほど寒い。

「頑張ろ」

早く家に帰ってベスを抱き、温かいココアでも飲みたいところだけれど、まだ行かなければならないところがある。

ふと空を見上げて裕一郎くんの顔を思い浮かべた。

彼も頑張っているのだから、負けないようにしなければ。堀田先生に〝いいカップル〟と言ってもらえたのだし。

そう思いながら足を踏み出したとき、近くにいた私と同じくらいの歳の女性がふらついて倒れそうになり、慌てて支えた。

「大丈夫ですか？」

「すみません。少し前に足首を捻挫《ねんざ》してしまって。もう随分よくなったんですけど、よろけてしまいました」

彼女は肩にかかるくらいの長さの艶のある髪を耳にかけながら言った。背はさほど高くないが、目鼻立ちがぱっちりとしており、化粧も完璧。なんとなく上品な雰囲気漂う、とてもきれいな人だ。

松葉杖はついていないしミモレ丈のスカートから覗く足首に包帯が巻かれているわけでもないので、治療の終わりが近いのか、そもそも軽傷だったかだろう。

「そうでしたか」

もう外来は終わっているはずだけど、リハビリだろうか。

「申し訳ないんですけど、玄関まで連れていっていただけないでしょうか。ひとりで歩くのが怖くなってしまって」

「もちろんです。私の腕につかまっていただけますか？」

せっかく治ってきたのに悪化するのが怖い気持ちはよくわかるので、腕を差し出した。

「本当にすみません」

「お気になさらず」

文献やパンフレットの入った重いカバンを持って走り回るせいか、それなりに筋肉のついた私とは違う華奢《きゃしゃ》な腕を伸ばしてきた彼女は、意外にもスムーズに歩き始めた。

「高いヒールを履いていて、階段でつまずいてしまったんです。ドジでしょう？」

「そういうこと、ありますよね」

病院内をかなり歩くため、仕事中は三センチヒールのパンプスを履いている。それですら脚は疲れるし、階段は歩きにくい。高いヒールならなおさらだ。

「でも、女性はちょっとそういう抜けたところがあるほうがモテるなんて聞きますし、前向きに考えているんです」

「そう、ですか……」

抜けたところがあるほうがモテるのか……。

そんな視点で異性との関係を考えたことがなかったので、少し驚きつつ耳を傾ける。
「女性のほうがバリバリ仕事ができると、男性はプライドを傷つけられると言います
し、完璧すぎる女性はかわいげがないですもんね」
「なるほど」
まだ圧倒的に男性のほうが多いＭＲの世界で奮闘している身としては、胸に刺さる
ものがあり苦笑いしながら返事をした。
私たちの場合は、間違いなく裕一郎くんのほうができるので、プライドが傷ついて
いるようなことはないはずだ。それに、堀田先生にいいカップルと言ってもらえたば
かりなので、あまり気にしないでおこう。
玄関に入ると、彼女は手を離して深々と頭を下げてきた。
「助かりました」
「リハビリですか？　リハビリ室まで行きましょうか？」
リハビリ室はこの玄関からだと少し遠い。車いすを借りてくるほどではなさそうな
ので尋ねたが、彼女は大きな目を見開いて驚いた様子だ。
「お優しいんですね」
「とんでもない。お困りかなと思いまして」

「大丈夫です。目的は果たせたので」

「目的？」

彼女は意味ありげな言葉を口にして微笑んだ。リハビリではないのだろうか。

「なんでもありません。ありがとうございました」

「それでは、失礼します」

私は軽く会釈をしてから再び駐車場に向かった。


その日、久々に裕一郎くんも早く帰宅した。だからか、エリザベスもテンション高めだ。ガリガリと爪とぎを始め〝遊んで〟とアピールするので、ふたりで交代しながらボールで遊んでやった。

もし裕一郎くんとの間に赤ちゃんが生まれたら、こうやって協力しながら子育てをするのかな……と考えてしまい、すぐに打ち消す。

そんな未来を描ければ最高だけれど、父が犯した罪は消せるものではない。

エリザベスに餌をあげたあと、ふたりで並んで作った煮込みハンバーグは少し大きくなりすぎて、彼が笑い転げている。

「これ、レストランの二倍サイズだよな」

「三倍じゃない？」

「ま、うまいからいいや」

サラダと一緒にテーブルに運び、早速手を合わせて食べ始めた。

「これこれ。やっぱりうまい」

「今日のお昼は、なに食べたの？」

「ハンバーグ」

裕一郎くんの答えに、口に含んだお茶を噴き出しそうになった。

「え……。言ってくれれば、別のメニューにしたのに」

「いいんだ。香乃子のハンバーグは別物だから」

メニューかぶりなど気にしないという様子の彼が、パクパク食べ進んでくれるのがうれしい。

「裕一郎くんも手伝ったじゃない」

「俺はこねただけだろ。味付けは全部香乃子」

そうだけど……。ふたりで作るとよりおいしく感じる。

幸せだな。こんなふうに笑いながら、同じ料理を食べて語らう。理想の夫婦の形がここにある。

私も裕一郎くんも、家庭環境には恵まれなかった。だからこそ、帰ってくるとホッとするマイホームというのは理想で、今のところ実現できているように感じる。

別れなければならない未来があるなんて、考えたくない。

その一方で、離れるのであれば早いほうがいいとも思う。これ以上好きになったら、その先の人生を彼なしで生きていけなくなってしまいそうだから。

ただ、別れるという踏ん切りはそんなに簡単につきそうになかった。

「今日ね、足をけがしてた人の歩行補助をしたの。その人が、女性はちょっと抜けたところがあるほうがモテると話してたんだけど、そう？」

なんとなくあれからずっと気になっていて、裕一郎くんに聞いてみた。

「うーん。俺はよくわからないけど……そう思う男もいるだろうね。結局、〝俺が守ってやりたい欲〟を満たせるからじゃないの？」

「俺が守ってやりたい欲？」

食べる手を止めて首をひねると、彼はハンバーグを大きな口で頬張り飲み込んでから口を開いた。

「男は恰好つけたいから、自分が女を守ってるって構図が好きなんだよ。ただ、別にパートナーの女性が抜けてなくたってそれは満たせるわけで……」

つまり、どういうことなのだろう。

話がよく呑み込めなくて瞬きを繰り返していると、彼はにっこり笑った。

「できる女を守るには、男はそれ以上の努力が必要だ。つまり、ハードルが高いんだよ。自分に自信がない男は、苦労せずして守ってやりたい欲を満たせる、ちょっと頼りない女性を探してるだけ。そういう女性がモテると言うなら、求める男もそれなりってこと」

「そういうものなのか……」

男性側の心理の分析は興味深いものがある。

「俺も香乃子の前では恰好つけたいし、絶対に俺が守ると決めてる。でも、それは香乃子がちょっと抜けてる女性だからじゃないだろ。俺は、俺よりガッツがあって、なんでも涼しい顔をしてこなす香乃子を守りたいと、躍起になって頑張ってる」

それが、堀田先生が話していた〝切磋琢磨してるという感じ〟なのかもしれない。

それにしても、『絶対に俺が守ると決めてる』という彼の言葉の力強さが、胸にきた。

「余裕なくせに」

照れくささのあまり、あまのじゃくな発言をしてみた。すると彼はじっと見つめてくる。

目力が強いのはいつものことだけれど、こうやって見つめられると途端に鼓動が速まりだすから困ってしまう。

「香乃子の前で余裕があったことなんて一度もないよ。でも、そろそろ体は俺の虜《とりこ》じゃない？」

「ち、違う……」

余計な煽りをするんじゃなかった。

体どころか心も彼の虜だというのに、それを指摘されても、恥ずかしすぎて認められない。

「なんだ。それじゃあ今夜もとろけさせないと」

「えっ？」

「御堂裕一郎、躍起になって頑張ります！」

なんの宣言を聞かされているのだろう。

涼しい顔をして再びハンバーグを食べ始めた彼を前に、頬が赤らむのを感じた。

その夜は、宣言通りベッドでとろとろに溶かされてしまった。

骨ばった彼の長い指や熱い舌が、全身を這う。何度達しても許してもらえず、シーツをつかんで悶えた。

「気持ちいい？」

裕一郎くんは私の耳元で甘くささやく。

彼は余裕があったことなんてないと話していたが、絶対に嘘だ。今だって、みっともないほど乱れているのは私だけ。

「……気持ち、いい」

恥ずかしかったけれど思いきって口に出すと、すぐにキスが降ってきた。

「もう、そうやって煽るから、全然我慢が利かなくなる」

「ああっ……」

彼は一気に私を貫き、丁寧に抱いてくれた。

荒い息を隠すことなく私を腕の中に閉じ込めた彼は、髪を優しく撫でながら口を開く。

「なあ、香乃子。もっと自信持って。俺が愛してるのは香乃子だけだよ」

どうやら、あの女性の言葉が引っかかっていることに勘づかれているらしい。

あの人が話したモテる女性像は私からかけ離れており、裕一郎くんも本当はそういう人を好きなのではないかと不安になったのだ。

「うん」

やっぱり彼から離れたくない。別れるなんて絶対に嫌。

彼の背に手を回してしがみつくと、強く抱きしめ返してくれた。


裕一郎くんが愛をささやきながら抱いてくれたおかげで、もやもやしていた気持ちが晴れ、その後も仕事に没頭した。

今日は開業医を数軒訪問し、高血圧の治療に使うACE阻害薬が新たに採用になった。特に新しい薬ではないのだけれど、コツコツ営業をかけていたら使ってみようと言ってもらえたのだ。

「頑張ったー」

すでに暗くなりつつある空を見上げてひとりでつぶやく。

何度経験しても、新規採用はうれしいものだ。裕一郎くんに報告したら、彼もきっと喜んでくれる。

一旦会社に戻り事務処理をしたあと、帰宅の途に就いた。

営業車を会社に置いて電車で帰宅する途中、少し遅くなると裕一郎くんから連絡が入った。

会社に戻ってこなかったので直帰かなと思っていたが、もしかしたらオーファンドラッグの件で動いているのかもしれない。

私に手伝えることはなさそうなので、せめておいしい料理を作って労をねぎらおう。

そう考えた私は、ちょっと高めのステーキ用の牛肉を購入して、マンションに向かった。

車寄せを横切り正面玄関に向かうと、髪が乱れ気味の黒いコート姿の男性が壁にもたれて立っている。照明が当たっておらず表情まではわからなかったけれど、このマンションの住民ではなさそうだ。私は気にせずその人の前を通り過ぎようとした。

「香乃子?」

しかし聞き覚えのある声で名前を呼ばれ、顔が引きつる。そのままマンション内に駆け込みたい衝動に駆られたが、足が止まってしまった。

「香乃子だよね」

背後から話しかけられても、すぐに振り向けなかった。この声の持ち主が、父だったからだ。

父が罪を犯したあと、家に押しかけてきたマスコミにカメラを向けられ、涙をこらえて頭を下げ続けた光景がフラッシュバックしてきて、呼吸が乱れる。

もう会いたくなかった。血のつながりはあれど、母の心を壊し私から平穏な日常を奪った父をいまだ許してはいないのだ。

「な……なんの用ですか」

そもそもどうしてこのマンションがわかったのだろう。

裕一郎くんに、父の過去を知られたくない。彼との幸せな生活を終わらせたくない。

追い返さなければと意を決して振り返ると、頬がこけた父の姿があった。乱れた髪は白く、目尻のしわも深く刻まれ、別れた頃より弱々しく見える。

「元気そうでよかった」

今さら父親面されても、困惑しかない。

「帰ってください」

「いきなり冷たいな」

「あなたは、それだけのことをしたでしょう？　自覚ないんですか」

強い口調になってしまったが、これでも抑えたつもりだ。

激しい怒りと悲しみがこみ上げてきて、泣きそうになるもこらえる。

「悪かった」

父は頭を下げ、しばらく微動だにしない。

「謝罪なんていりません。もうかかわらないで」

どれだけ謝られても、許せる気がしない。父は母と私から幸せな日々を奪ったのだから。

「そんなこと言わないでくれ」

顔を上げた父は悲痛な面持ちだ。けれど、泣きたいのは私や母のほう。

「お母さんには会ったんですか？」

「いや……」

「絶対に会わないで」

あの事件のあと精神のバランスを崩した母は、まともに外にも出られなくなった。しかし少しずつ気持ちの整理をして、外に働きに行けるようになり、私の結婚をきっかけにようやく笑顔を取り戻したところだ。もう思い出させたくない。

「……わかった」

父は母を傷つけたことは自覚しているようで、すぐに受け入れた。

「私のところにも来ないで。それじゃあ」

話すことなんてなにもない。再び足を進めようとしたとき、父の声が聞こえてきた。

「待ってくれ。過去のことは反省している。社会復帰して必死に働いてきたけど、経歴がバレてしまって長続きしなくて」

それは自業自得だ。横領に手を染めた人間に防衛本能が働くのは当然だろう。

私の同情を買おうと思っているのだろうか。私や母だって、毎日ぎりぎりの生活を送りながら歯を食いしばって生きてきたのだ。そんなふうに訴えられても、胸に響かない。

「そうですか。それでは」

今度こそ足を踏み出すと、腕をつかまれてハッとする。

「頼む。金を貸してくれないか。もう借金もできなくて――」

「放して」

お金を借りに来たなんて、言葉もない。どこまで落ちぶれるつもりなのだろう。

「頼む」

涙声で訴えられても、父に貸すお金などない。

「あの事件のあと、私やお母さんがどれだけ苦労してきたか。それなのに、お金の無心なんてよくできますね」

怒りをこらえて声を振り絞る。

「製薬会社の後継ぎと結婚したそうじゃないか」

父がそう口にした瞬間、顔が引きつる。

どうしてそれを知っているの？

「お願いだ。必ず返すから」

毒親という言葉が頭をかすめた。父はまさにそうだ。こんな父親、いらなかった。

「お断りします」

手を振り払い、唇を噛みしめる。

「お前の夫に頼んで、少し借りられないか？」

「彼は関係ない。まだ私の人生を壊し足りないの？」

父の発言があまりに残念で、責めるような言葉が止まらない。

「そういうわけじゃない。ただ、本当に困って――」

「甘えてるだけじゃないの？」

いくばくかのお金を渡せば終わるなら、今の生活を守るために渡したって構わない。

でも、一度で済むわけがないのだ。楽な稼ぎ方を覚えたら、冷たい視線を浴びながら働くことなんて絶対にできなくなる。

ここは断固拒否しなければ。

父は肩を落として目を伏せる。

「お願い。二度と来ないで」

私はマンションのエントランスに駆け込んだ。

父に会ったら、たくさん言いたいことがあったはずなのに、それで精いっぱいだった。

バッグを抱きしめて乱れる呼吸を必死に整えながらエレベーターへと進む。

もう終わりかもしれない。崖っぷちに立たされた父は、裕一郎くんに接触しかねない。彼に迷惑をかけることだけは避けなければ。

「ベス、おいで」

部屋に駆け込み、ベスを抱きしめる。

いつもなら多少ストレスがかかることはあっても、ベスを抱けば落ち着けるのに、今日は涙があふれてきて止まらない。

「ねえ、ベス。どうしたらいい？　私、裕一郎くんが好きなの。ずっとこのままでいたいの」

エリザベスにだけは本音を明かせる。

ベスがつないでくれた縁は、ここで切れてしまうの？

裕一郎くんが帰ってくる前に落ち着かなければ。ううん、もう出ていくべき?

突然人生の終焉《しゅうえん》が訪れたような感覚に襲われて、私は途方にくれた。

裕一郎くんはそれから一時間ほどして帰ってきた。

「あっ、おかえりなさい」

玄関のドアが開く音すら気がつかず、ベスを抱いてソファを背もたれにして床に座り、放心していた。

「ただいま」

彼はふとキッチンに視線を送る。

「ご飯作るの忘れてた!」

ようやく我に返ると、驚いたベスがピョンと飛び跳ねて駆けていった。

「あはは。それじゃあ、なんか買ってこようか。デリバリーする?」

彼はスーツのまま隣に座り、肩を抱いてくる。

「その前に、話聞こうか?」

しまった。なんでもない顔をしていようと思っていたのに、早速気づかれている。

「話? なにもないよ。ちょっと疲れちゃって……ご飯ごめんね」

無理やり作った笑顔は引きつっていなかっただろうか。

「料理は、香乃子の仕事ってわけじゃないし。頑張りすぎだぞ」

「裕一郎くんだって。そういえば今日、ACEの新規ゲットしちゃった」

努めて明るく話すと、彼は白い歯を見せる。

「新薬じゃないのにすごいじゃないか。さすがは我が妻」

彼は私を引き寄せ、額にキスをする。

私はそのまま彼の腕の中に飛び込んで抱きついた。

「香乃？」

「ギューッとして」

こんなふうに甘えたのは記憶にない。けれど、どうしても彼の体温を感じていたい。

「お安い御用だ」

彼は背に手を回して、力強く抱き寄せてくれる。

離れたくない。一生あなたの腕の中にいたい。

私は心の中で叫び続けた。

その夜。彼はなにか察しているだろうに深く追及することなく、ただ私をずっと抱きしめてくれていた。

すべてを打ち明けて楽になりたいと何度思ったことか。でも、間違いなく自分を犠牲にしても私の盾になろうとする彼のことを考えると、それは最善ではない。

だったら、離婚届を置いて消えようか。

父の顔を思い出すたびそんな気持ちが湧き起こるも、まだあきらめたくないと葛藤している。

「香乃子、眠れないの？」

身じろぎしていたら、起こしてしまったようだ。

「大丈夫。起こしてごめん。寝て」

彼から離れて逆のほうを向くと、今度は背後から抱き寄せられた。

「こうしてると落ち着かない？　前からくる敵は対処できても、背中って無防備なんだよ。香乃子の背中は俺が守るから、安心して」

「裕一郎くん……」

私は彼の腕を強くつかんだ。たしかに背中から抱きしめられるのもいい。守られているとより強く感じる。

けれど、守られてばかりでいいのだろうか。私も彼を守りたい。

「明日、おいしいもの食べに行こう」

明日はお休みだ。私を外に連れ出して励まそうとしてくれているに違いない。彼と一緒にうんと楽しんで、父のことを頭から追い出そう。

裕一郎くんがなにも聞かないでいてくれるのは、私から話すのを待っているのだろう。でも、今回ばかりは話せそうにない。

私は彼のたくましい腕に手を添えたまま目を閉じた。


翌日は、気温は低いものの雲ひとつない空が広がった。

繁華街まで出かけて、あてもなくふらふらと歩く。

「ほら、温かくしないと風邪ひくぞ」

過保護な私の旦那さまは、黒のニットのロングワンピースにアイボリーのダウンコートを纏った私のマフラーを巻き直してくれる。

「大丈夫だよ。裕一郎くんこそ、コート薄くない？」

チャコールグレーのタートルネックセーターに黒のチェスターコート。スタイリッシュでとてつもなくかっこいいけれど寒そうだ。

「ちょっと薄かったな」

彼が正直に漏らすので、笑いがこみ上げてくる。

「しょうがないだろ。香乃子の前ではかっこいい男でいたいんだから。それに、こうすれば温かい」

彼は私の肩に手を置き、自分のほうに引き寄せる。

「歩きにくいよ」

「愛のためだ。つべこべ言わない」

私の意見を却下した彼は、緩い上り坂をゆっくり歩きだした。

「あの服、香乃子に似合いそう」

裕一郎くんは、ショーウインドウのマネキンを指さして私を引っ張った。そこには白いショート丈のセーターとダスティピンクのミモレ丈スカートが飾られている。

「私にはかわいすぎるよ」

最近購入するのはほとんど仕事用。それも、黒や紺、そしてグレーなど無難な色のパンツスーツが多い。

「絶対似合うって。入ってみよう」

なかなか強引な裕一郎くんに腕を引かれて、『ブランピュール』というお店の入口に向かう。そのとき、数軒先に三友銀行があるのに気づいてドキッとした。この支店ではないけれど、かつて父が勤めていた銀行だからだ。

「どうかした?」

私が足を止めたからか、裕一郎くんが不思議そうな顔をしている。視線をたどられてひやりとしたが、なぜか彼のほうが目を見開いた。

「香乃子。……いや、なんでもない」

一瞬眉をひそめた彼だけれど、すぐに笑顔に戻る。

まさか、父の事件を知っている?

彼には両親は離婚しており、父とはもうずっと会ってもいないと話しただけ。彼は複雑な事情があると察して、それ以上聞かないでくれた。

「あのピンクのスカートはいてみてよ」

「うーん、こっちのネイビーのスカートにしない?」

「しない。絶対あれ」

折れない彼の意見を汲んでダスティピンクのスカートを試着してみると、いつもとは雰囲気の違う自分が鏡に映っている。かわいらしい色は絶対に似合わないと敬遠していたけれど、意外といい感じだ。

裕一郎くんは、こうやって新しい私を見つけるのがうまい。だから彼の隣にいると、いつもワクワクしていられて、とても楽しい。

「どう？」

試着室を出て一回転して見せると、彼は私を見つめたままなにも言わない。

「あれっ、ダメだった？」

ピンクへの挑戦は失敗したのかと思ったけれど、彼は近づいてきて私の耳元で口を開いた。

「最高だ。今すぐここで抱きたい」

「は……？」

目だけ動かして裕一郎くんを見ると、真剣な顔をしている。どうやら冗談ではなさそうだ。

一気に鼓動が速まり、心臓から送り出された血液が全身を火照らせる。

「でも、我慢する」

「あ、あたり前でしょ。き、着替える！」

彼を試着室から追い出すと、鏡に映った自分が真っ赤な顔をしていた。

スカートを購入して店を出たあと三友銀行の前を通りかかったが、彼はなんでもない顔をしていた。様子がおかしく感じたのは気のせいだったのかも。

その後は私の提案でペットショップへ。店員さんお薦めのダイエット用キャットフードと、自動猫じゃらしを購入した。これで、家事をしているときに遊んでとせがまれても安心だ。

「ベス、これで許してくれるかな。さっき出かけようとしたら不貞腐れてたもんな」

「えっ、ほんと？　抱きしめたら喉鳴らしてたよ」

特に不機嫌には感じなかった。

「あいつは俺の永遠のライバルだからな」

「ライバル？」

なんのライバルなのかと首を傾げると、彼は頬を緩める。

「香乃子を独り占めすると、いつも怒ってるぞ。爪とぎがはかどってる」

「嘘……」

こんなに長く一緒にいるのに、知らなかった。

「大学生の頃だって、香乃子が帰ると大変だったんだぞ。ずっと玄関のドアをガリガリと」

「あっ、それで玄関に爪とぎがあったの？」

「その通り」

彼はその頃のことを思い出しているのか、顔をほころばせる。

「あの頃は……ひと足先に就職した香乃子がまぶしくて、俺も早く追いつきたいって必死だったな」

全然知らなかった。

「そうなの？　裕一郎くんのほうが大人だったよ。年下のくせにーっていつも思ってた」

これは本音だ。私が必死になってようやく成し遂げたことを彼は涼しい顔してやってのけた。けれど、陰で努力していたのかもしれない。彼は自分を厳しく律して高みを目指すことが自然とできる人だから。

「そんなふうに思ってたんだ」

「うんうん」

「もしかして惚れてた？」

図星を指されて目が泳ぐ。

彼はこういう仕草ひとつで物事を察する洞察力もあるので、バレるのではないかと冷や汗が出そうだ。

「そっか、惚れてたのか」

「私、なにも言ってないよ？」

「わかった、わかった」

裕一郎くんがうれしそうに声を弾ませるので照れくさい。やっぱり心を読まれている……。

「ベスには負けられないな。香乃子だけは譲れない」

彼はいつもこうしてストレートに愛をささやいてくれるので、気持ちが満たされる。思いがけず父と再会して荒んでいた心が少しずつ修復されてきた。

とはいえ、問題が消えてなくなったわけではないのだ。私が横領事件の犯人の娘だという事実は、どうあがいても変わらない。

「そろそろ腹減らない？」

「ご飯にしよ。なに食べる？」

私たちはエリザベスへのお土産を購入すると、手をつないでレストランに向かった。

裕一郎くんとのデートのおかげで気持ちが浮上し、仕事に打ち込み始めた。

「真野、また新規上がってるじゃないか」

野呂さんが驚きの声をあげている。

「野呂さん、御堂もです。こいつらちょっと迷惑だ。俺たちが頑張ってないみたいに見える」

富安さんがそんなことを言いながら頭を抱えている。

もちろん、彼らがサボっているわけではない。全国的に見ても一課の伸び率は常にトップクラスだし、富安さんも昨年は全社で売り上げトップ十に入って表彰されている。

一課の〝皆で頑張ろう〟という雰囲気がとにかくよく、誰かがつまずくとすぐに助けの手が伸びる。その雰囲気を作り出したのが裕一郎くんだ。

「細川も上がってるの、見ました？」

口を挟んできたのは、その裕一郎くん。彼はしっかり細川さんのフォローもしてくれる。

「ほんとだ。細川、やったじゃないか」

「ありがとうございます。御堂さんがわかりやすい文献を紹介してくださって、それが役に立ちました」

それは知らなかった。

きっと採用まであと一歩のところまで来ていると気づいて、アドバイスしたのだろう。裕一郎くんは自分の仕事だけでなく、細川さんたち後輩のこともよく見えている。少し離れたところにいる彼に視線を送ると、にっこり微笑む。だから私も小さくうなずいておいた。

その日は午前の診療が終わる頃に、野上総合病院を訪れて営業活動にいそしんだ。裕一郎くんも訪問しているはずだが、彼はこのあと開業医にアポイントがあると話していたため別行動だ。

MRは新しい薬を売り込むだけが仕事ではない。すでに使用してもらっている薬剤についてのフォローもする。その際、ドクターから疾病について教えてもらうことも多く、とても勉強になる。

今日は第一内科外来の休憩室で、喘息《ぜんそく》の治療に使用する皮下注射について話している。

「例の患者さん、思いきって治療法変えてみてよかったよ。発作をコントロールできるようになってきた」

「よかったです」

休憩室の奥には以前しつこく誘ってきた研修医がいたが、あのときの横柄な態度はなんだったのかと思うほどおどおどしている。

あの騒動のあと裕一郎くんの怒りが収まらず、彼と一緒に内科の医局長に面会して、やんわりとセクシャルハラスメントがあったと伝えた。

薬を買ってもらう側の私たちはドクターより立場が弱いため、研修医は上級医に訴えることはないと踏んでいたのだろう。それなのにあっさり悪行がバレてしまい、大きな雷が落ちたようだ。

その後の調査でナースにも被害者が多数いるとわかり、看護部からも相当絞られたはず。万が一もう一度同じことがあれば追放すると医局長が約束してくれた。

その後も診療科をいくつか回り、数人のドクターと話をしたあと帰ろうとすると、玄関近くのベンチに以前歩行補助をした女性が座っていた。やはり、リハビリに来ているのだろう。

「あっ……」

彼女は私に気づいて、声をあげる。

「こんにちは。足のけがは順調ですか？」

「こんにちは。先日はありがとうございました。あのときひねりましたけど、悪化してませんでした」

「よかった」

「お仕事でいらっしゃってるんですか？」

彼女は私が持つ文献の入った大きめのカバンを見て尋ねてくる。

「はい。薬屋なんです。ドクターとお話ししてきた帰りです」

「営業をされているんですね。こういうお仕事は男性が多いのでは？」

「そうですね。まだ女性は少ないです。でも増えてきたほうなんですよ」

一課も、女性は私と細川さんだけだ。

「そうなんですね。できる女性か。かっこいい」

彼女はそう口にしながら、かすかに口元を緩めた。しかし目が笑っておらず、どこか冷ややかだ。

そういえば彼女、バリバリ仕事をする女性を好意的に見ていないんだった。

「いえいえ、そんな。失礼します」

どんな考えを持とうが自由だ。ただ、自分と合わない人と話していても不快になるだけなので、会釈して離れようとした。

「あっ、待って」

するとと彼女は立ち上がり、私の腕をつかんでくる。

「どうかされましたか？」

振り返ると、彼女が座っていたベンチにかわいらしいピンクのケースがついたスマホと、写真らしきものが見えた。

彼女はその写真を手にして、意味ありげな笑みを浮かべたあと話しだした。

「面影がありますね」

「面影？」

なんの話をしているのだろう。もしかして、同級生？

私はまったく覚えていないけれど、あの事件が起こる前に通っていた中学の同級生だったら……と顔が引きつるのを感じる。父の犯した罪について、知らない人はいないからだ。

「ええ、有名になりましたもんね。あのとき、マスコミに出た写真や映像にはモザイクがかかってましたけど、そのままの写真も流出していたのはご存じ？」

勝ち誇った顔をした彼女が見せてきたのは、事件のあと家の前でマスコミの対応をして頭を下げたときの写真だった。たしかにモザイクはかかっておらず、私の顔がはっきり写っている。

やはり同級生なのか……。

たちまち心臓が早鐘を打ちだし、冷静ではいられない。

父と再会したばかりだというのに、運命の大きな歯車が狂いだしたような不吉な空気を感じて、背筋が凍る。

「あなたは？」

「申し遅れました。私は南波《なんば》怜《れい》と申します」

南波？　そんな名前の同級生がいただろうか。

「ちょっと、三友銀行にかかわっておりまして」

その発言に、思考が固まる。父が事件を起こした銀行だからだ。

「あの……」

「真野香乃子さん。いえ、大間《おおま》さん、ですよね」

大間とは父の姓だ。

彼女は、最初から私を知っていて声をかけてきたのだろうか。それとも、先日手を貸してからあの事件を思い出してくわしく調べた？

「……はい。父が……とんでもないご迷惑をおかけしました。申し訳ございません」

私は深々と頭を下げた。

こんなところをドクターに見られたくない。けれど、父の行為は許されることではなく、こうするしかなかった。

「あの事件で頭取は引責辞任されたのよ。お気の毒よね。素行の悪い行員のせいで人生台無しなんだもの」

彼女はじりじりと私を責めてくる。

一体、なにが目的なのだろう。事件をちらつかせて、私に頭を下げさせたかっただけ?

「その通りです。申し訳ありません」

「ほかにも責任を取って退職した人とか降格した人がたくさんいるんですって。それなのに、事件を起こした人の娘さんは幸せそうね」

それじゃあ、どうすればよかったのだろう。一生泣き暮らしていればよかったのだろうか。

ただ、父のせいで巻き添えになった人がいるのは事実だ。銀行が金銭的な損害を被ったり、信頼を失ったりしたのも。

だから反論なんてできず、かといってなにを言えばいいのかもわからず、ただ黙って立ち尽くしていた。

「結婚相手はご存じ？」

「えっ……」

さーっと血の気が引いていく。彼女は私についてどこまで調べているのだろう。夫が、天邦製薬の後継ぎだということまで知っている？

「知らないのね。そんな大事なことを隠して結婚するなんて、お相手もとんだ被害者ね」

愕然《がくぜん》としているとそう畳みかけられて、頭が真っ白になる。

裕一郎くんのほうから強引に契約結婚を持ちかけてきたのであって、隠して結婚したわけじゃない。けれど、隠しておきたかったのは事実だ。このまま父とは無関係の人生を歩いていけたらと、いつも考えている。

「旦那さまにまで被害が及ぶ前に、別れて差し上げたら？　三友銀行は、まだあなたのお父さまを許してないわよ。それでは」

彼女はすっきりした顔をして、すたすたと歩いていってしまった。

けがなんてしてないんじゃ……。

足取りは軽やかで、つい先週、誰かの手を借りなければ歩けなかったようにはとても見えない。

「目的って……」

あのとき彼女は、『目的は果たせた』と口にした。

まさか、最初から私に接触するつもりで、病院をうろついていた？　ということは、天邦製薬でMRをしていることも知っていたのだろう。間違いなく、裕一郎くんのことも調べてあるはずだ。

なんとか病院を出て車に乗ったものの、動けない。

「なんで……」

私がなにをしたというの？

そんな気持ちがあふれてくるけれど、そもそも悪いのは父だ。

その父の血が流れているというだけで貶《おとし》められるのは苦しい。どんなに努力をしても、幸せな顔をして笑うことは許されないなんて。

理不尽な状況に目の奥が熱くなる。けれど、父のせいで泣いた人がいると思えば、こらえるしかない。

「もう……」

これで本当に、裕一郎くんとは終わり？

父の登場だけでショックを受けていたのに、南波さんの言葉はその何倍もダメージを運んできた。

いつの日か訪れるとおびえていた離婚が現実味を帯びてきて、息をするのも苦しくなった。

会社に戻ったものの、なにも手につかない。キーボードに手を置いたまま、ぼーっとパソコンの画面を見つめていた。

「真野？」

「は、はいっ。なんでしょう」

野呂さんに話しかけられて我に返ったそのとき、裕一郎くんも戻ってきた。

「さっきから心ここにあらずだけど、どうかした？　体調悪い？」

「元気ですよ」

「インフルエンザが流行《はや》ってるから、もらったんじゃないの？　早く帰りな」

「真野さん、熱でもあるんですか？」

私たちの会話が聞こえたようで、青い顔をした裕一郎くんが飛んできた。

「大丈夫。ちょっと疲れただけ」

「帰りましょう」

裕一郎くんは強引に私の腕を握る。

「同じ家に帰るみたいな言い方だな」

野呂さんが笑っているが、まさにその通りだ。

「俺、看病します」

「病気じゃないって」

野呂さんは頬を緩めたままだけれど、裕一郎くんは本気だ。以前軽い風邪をひいたとき、献身的に尽くしてくれた。

「俺、送りますから。帰る準備してください」

「だから――」

「真野、送ってもらいなよ。真野のことが大事な忠犬は、この調子だと心配で眠れないぞ」

「あはっ。それじゃあ、お言葉に甘えて……」

野呂さんにまで説得されて、私はパソコンの電源を落とした。

裕一郎くんが運転する営業車の助手席に乗ったものの、とても気まずい。

「ごめんね。本当に平気だよ」

車に乗るなり額に手を伸ばしてきた彼に伝える。

「これから熱が上がるかもしれないだろ？　寒くない？」

暖房を最大にして、自分のジャケットを脱いでかけてくれる。

「ほんとになんともないの。最近飛ばしすぎて、ちょっと疲れただけ」

つらいのは体じゃなくて、心だから。

こうして隣にいることがもう許されないのだと思うと、泣きそうになるもこらえる。

「そっか。それならいいけど……。しばらく家事は禁止。俺が全部やるから、帰ったらベスの相手だけしてればいい」

「そこまでじゃ……」

「ダメだ。夫の命令だからな」

私にしっぽを振る忠犬のはずが、彼は完全に主導権を握る。

夫の命令か……。彼の優しい命令なら、一生聞いていたい。

帰宅すると、玄関にエリザベスが駆け出てくる。

「ただいま」

ベスを抱くと、裕一郎くんがベスごと私を抱き上げた。

「えっ……」

「頼むから、無理しないでくれ。香乃子が倒れたら、俺の胃に穴が開く」

顔をしかめる彼は、私をそのまま寝室のベッドに運ぶ。

「食べられそうなものある？」

「……なんでも食べられるよ」

体はどこも悪くないため控えめに答えると、彼はようやく表情を緩めた。

「そうか。よかった。なに作ろうかな」

「私が――」

「夫の命令をたまには聞きなさい」

ベッドから下りようとしたが、あっさり止められてしまった。

「はい」

「いい子だ。一応消化のよさそうなものにしようか。できたら持ってくるから、それまで横になってろよ。ベス、行くぞ」

裕一郎くんはベスまで連れていってくれた。

「ダメだな……」

天井を見上げて、ぼそりと漏らす。

彼に迷惑をかけてばかりだ。

裕一郎くんはもったいないほどの愛をささやいてくれるけれど、私は彼にとって必要な人間になれているのだろうか。

私は完全に恋に落ちてしまった。彼がいない生活なんて、もう考えられない。

でも、裕一郎くんは？

付き合いたてのカップルの恋が燃え上がるように、裕一郎くんもそうなだけ。何年かして冷静になったら、愛の熱量も減っていくに違いない。そのとき、汚点となる妻なんていらないはず。

彼は社長になるべく必死に努力を重ねている。そのサポートをすべきなのに、足を引っ張るなんて妻失格だ。

南波さんの、『お相手もとんだ被害者ね』という言葉が頭から離れない。彼女の言う通りだから。

考えれば考えるほど泣きそうになる。しかし、本当に泣きたいのは裕一郎くんだと両手で顔を覆って耐えた。

離婚すべきなんだろうな。

裕一郎くんは、会社のトップに立つだけの器を持っている。

ちょっとできる後輩どころか、ドクターたちから絶対的な信頼を得ている、スーパーMRなのだし。

それなのに、私のせいで世間から批判を浴びたり、社長に就任できなくなったりしたら……と考えると怖い。

そもそも、これは契約結婚だったはず。彼との生活があまりに心地よくて、一生ふたりで歩いていきたいなんて夢を見てしまった。

そんなことを考えていると、ノックがして裕一郎くんが顔を出した。

「味噌《みそ》煮込みうどんにした。食べられる?」

「もちろん。ありがとう。やった、たまご入ってる」

赤味噌で作るそれは彼も大好物で、冬の定番料理だ。

彼はお盆をベッドサイドテーブルに置き、小鉢によそってくれた。それを受け取ろうとすると首を横に振られて、うどんに息を吹きかけて冷ましてくれる。

「そこまでしてくれなくても」

元気なのだし。

「俺がしたいんだからいいだろ。妻を甘やかすのは、夫の特権なんだぞ」

特権、か……。甘えられるのは妻の特権なんだろうな。

「はい、あーん」

口の前に箸を出されて素直に開けると、なぜか彼のほうがうれしそうに微笑んだ。

その夜。私は裕一郎くんの腕の中で目を閉じた。

「香乃子。本当に疲れてるだけか？」

「……うん」

父に再会した日も落ち込んでいたので、心配するのはあたり前だ。私のほうが年上なのに、まったく感情をコントロールできていなくて情けない。

「香乃子がつらいときは、俺が半分背負いたい。だから、なんでも話してほしい」

「裕一郎くん……」

きっと彼の言葉に嘘はない。ベスを助けたあの日から、いつもそうしてくれたから。

「少し……もう少しだけ待って」

父について明かす勇気がどうしても湧いてこない。まだ離婚を決断できないからだ。いつ覚悟ができるのか自分でも予測できないけれど、今すぐは難しい。

「そっか。わかった」

彼は微笑んだあと、まぶたに優しいキスをくれた。

翌朝は明るく振る舞った。

別れが迫っていても、今を楽しまなくてはもったいないと思ったのだ。好きな人の妻になれたうえ、大切にしてもらえているのだから、一秒たりとも無駄にできない。

「たまごサンドできたよー」

寝ぼけ眼《まなこ》をこすりながらリビングに顔を出した裕一郎くんに伝えると、彼は顔をしかめながら近寄ってきた。

「だから、家事は禁止だって言っただろ」

「だって、味噌煮込みうどんのお礼がしたかったんだもん」

ちょっとからしを利かせたたまごサンドは、裕一郎くんの好物なのだ。

「なんだよ、もう」

やっぱり怒ってる？

「そんなかわいいこと言うと、怒れないじゃないか。反則だ」

彼は私の腰を抱き、軽く唇を重ねた。


気持ちを切り変えた私は、それからも精力的に営業活動にいそしんだ。

いわゆる〝空元気〟ではあるけれど、沈んでいると余計に心が荒む。

幸いあれから父がやってくることはなく、心の平穏がなんとか保てている。借金の申し入れを強く拒否したのであきらめたのかもしれない。

さりげなく母に電話をしてみたけれどとても元気で、父と接触した様子はなく安堵《あんど》した。

野上総合の第二内科の外来から、病棟に行くというドクターと廊下を歩きながら話をする。

「この前、天邦さんのプロトンポンプインヒビター出したおばあちゃんが、かかりつけの整形外科で処方されたメトトレキサートを飲んでて……」

「大丈夫でしたか？」

プロトンポンプインヒビターとは、胃炎や逆流性食道炎に使用する薬だ。リウマチの治療に使われるメトトレキサートと併用する際には注意が必要なのだ。いわゆる、飲み合わせが悪いといったところ。

「うん。悪いけど一旦処方を中止した。お薬手帳を持ってなくて、何度も飲んでいる薬について聞いたんだけどね。話してくれないことにはわからないんだよ。薬剤師も確認してるはずだけど、疑義も入ってないから、薬局でも話さなかったんだろう」

疑義とは、薬剤師が処方について担当医に問い合わせることを言う。ドクターと薬剤師でダブルチェックできる体制になっているのだけれど、うまくいかないことも多々ある。

「天邦さんのあの薬、切れ味抜群なんだけどね。また別の患者さんに使ってみるよ」

「ありがとうございます。次回、併用薬の注意を記した患者さん用の資料を作成して持ってまいります」

「真野さん、そういうところ気が利くよね。助かるよ」

「恐縮です」

病棟のナースステーションに入っていったドクターとはそこで別れた。

働いていると、余計なことを考えなくていいので気がまぎれる。裕一郎くんに無理をするなと言われているけれど、今はむしろ無理をしたい。

別のドクターに面会するために再び外来棟のほうに歩いていくと、足が止まった。

渡り廊下で南波さんが待ち構えていたのだ。

私がこの病院の担当だと、誰から聞いたのだろう。

私に会いに来たのはわかっていたが、話すことがないので通り過ぎようとした。

「考えてくださいました？」

話しかけられ、足を止めないわけにもいかなくなる。

「なにをでしょう」

「離婚です」

……まさか。

そのとき、ようやく気づいた。彼女はもしかして、契約結婚のきっかけになった裕一郎くんの縁談のお相手？　三友銀行の現頭取の娘さん？

彼女は三友銀行にかかわっていると自己紹介したが、父の事件ばかりに頭がいって彼女について深く考えようとしなかった。

言葉が出ない私を、彼女は笑っている。

「やっと気づきました？　裕一郎さんに、お父さまの罪を知られたくないんでしょう？　でしたら、適当な理由をつけて別れてはいかが？　そうしてくれれば、私も黙っておいて差し上げますわよ」

「……そのあと、あなたが彼と結婚するということですか？」

ようやく絞り出した声は震えていなかっただろうか。

「察しがいいのね。彼のお父さまが、ぜひそうしてほしいとおっしゃるの」

もうこの縁談は、私たちが結婚した二年前になくなったと思ったのに。

「裕一郎さんに迷惑かけすぎじゃない？　あなたの奨学金だって……」

「奨学金？」

どうしてそんな話になるのだろう。そして、なぜ彼女が私の奨学金について知っているのだろう。

「本当になにも知らないのね。あなた、天邦製薬から返済不要の奨学金を受け取ったんでしょう?」

「……それがなにか?」

「あれ、薬学部の学生が対象で、あなたは対象外だったのよ」

それは初耳だ。裕一郎くんから奨学金についての資料をもらい、隅から隅まで読んだけれど、どこにもそんな文言はなかった。

「裕一郎さんが貧しいあなたを助けようと、ひと肌脱いだの。彼、天邦製薬に入社するつもりはなかったみたいだけど、お父さまが入社を条件にあなたへの奨学金を許可したのよ」

「そんな……」

成績証明書や自己アピール文などで選考されたと聞いていたのに。裕一郎くんは、私のために自分を犠牲にしたの?

「あっ……」

とあることを思い出し、小さな声が漏れてしまう。

彼は私に契約結婚を持ちかけてきたとき、『会社に自分の人生をささげる覚悟はした。それより守りたいものがあったから。だけど、結婚までとは言ってない』と悔しそうに吐露した。

守りたいものって、私のことだったの？　私のせいで、彼の人生が変わってしまったの……？

そんなことも知らず、ただ裕一郎くんとの生活を楽しんでいた私は、なんて罪深いのだろう。

「心当たりがあるみたいね。裕一郎さんは、あなたのせいで散々な人生になっているのよ。彼の能力を認めてあとを継がせようとしているお父さまも、頭を抱えていらっしゃるわ。あなたみたいな女性に引っかかって、裕一郎さんは不幸になったと」

「不幸になんて……」

裕一郎くんは私との結婚生活を幸せだと言ってくれる。

「お父さまは、裕一郎さんがそのうち目を覚ますと期待していたの。でも、あなたの洗脳がよほど強いみたいで、もう待てないと判断したのよ。安心して。私が彼を幸せにするわ」

彼女は勝ち誇った顔で言う。

洗脳って……。そんなことはしていない。

「あなたは……裕一郎さんが好きなんですか？」

高校生の頃ベスを拾ってから、裕一郎くんの実家の離れに頻繁に行っていたが、来ないでほしいと言われたことはない。それどころか、何日か行かないと来るように促されるくらいだった。

もし、特別な存在の女性ができたのであれば、私を呼んだりしなかったはず。

なにより、彼女との縁談を〝あてがわれた〟と話していたし、結婚を回避するために私との結婚を望んだ。裕一郎くんのほうには、彼女への特別な感情は間違いなくない。

「ええ、もちろん。父同士、個人的にも交流があって、裕一郎さんと私は幼い頃から何度も会っているのよ。とてもお優しくて、私のこともいつも気遣ってくださったわ。ご両親が離婚されてからその機会は減ったけど、今でも年に一、二回は関家にお邪魔してるの」

今でも？

「あなたと結婚してから、彼は変わってしまったわ。お父さまには反抗的だし、実家に顔も出さない。彼を変えたあなたは、罪深いわよ」

私が裕一郎くんを変えた？　罪深い？

裕一郎くんはきちんとした意思のある大人の男性だ。私の意見くらいで、信念を曲げるような人じゃない。

それに、お父さまへの反抗は、お母さまへのモラハラがあったから。それを見ていた裕一郎くんはお父さまを軽蔑するようになったと聞いている。

それは、私たちが出会うよりずっと前の話で、両親の離婚を機にお母さまと一緒に関家を出てからは、離れに住んでいようともほとんど顔を合わせていなかったはず。

心の中で反論しながら、激しく動揺していた。奨学金の話が衝撃で、ほかのことを深く考えられない。

「聞いてます？」

私が反応しないからか、彼女は険しい表情をしている。

「はい」

「お早い決断をお待ちしてます」

余裕の笑みを浮かべた彼女は、放心する私を一瞬にらみつけてから去っていった。

信じた道を

寒さが緩んだ土曜の夜。

約三年ぶりに神木と会うことになった。彼は少し日焼けしていたが相変わらず精悍な顔立ちをしている。

「おかえり」

「おお。やっぱり日本は落ち着く」

彼がうまい和食を食べたいというので、『旬菜和膳《しゅんさいわぜん》』という店の個室で、日本酒を傾ける。

「どこから帰ってきたって?」

「モルディブ。でもその前にイタリアに行ってた」

リゾート開発会社の跡取りである彼はかなりのやり手で、フットワークが軽い。

「忙しくしてるんだな」

「御堂だってそうだろ? 奥さん、元気?」

彼は俺たちが電撃的に結婚したことを知っている。といっても、その前から香乃子の話はしており、俺が惚れていることにもばっちり気づいていたため、彼にとっては電撃的でもなんでもなかったのだが。

「ニセコはありがとう。彼女もリラックスして楽しんでた。ただ最近は……悩みがあるみたいなんだけど、話してくれない。もう少し待ってほしいと」

「そうか……。深刻なことでなければいいけど。夫婦仲は良好なんだろ?」

神木は茶碗蒸しに手を伸ばしながら問いかけてくる。

「それはもちろん。香乃子も俺を好いてくれてるとは思う。ただ……父が動きだした」

父について触れると、彼の表情が引きつった。

「なにがあった」

「例の縁談、まだ無効じゃないらしくて」

「はっ? だってお前、結婚しただろ」

神木の反応が正しい。妻を持った俺との結婚を待っているなんて、尋常ではない。

「離婚しろと」

「しなければいいだろ」

「もちろんしない。でも……」

俺はオーファンドラッグの開発の件を神木に打ち明けた。すると彼は眉根を寄せて憤る。

「そんなの、でっちあげじゃないのか？」

「おそらく、父と頭取が仕組んでる。天邦製薬の新薬開発がうまくいっていないという噂も、あえて流したんだろう。どの銀行も融資を取り合ってくれない」

「なんでそこまで……」

神木は険しい顔で首をひねっている。

「そもそも父は、もうけが少ないオーファンドラッグから手を引きたいんだ。それと、俺を意のままに操りたいんだろうな、多分。自分に従順な息子が欲しかったんだよ、あの人は」

母のことも支配したがった。父に盾突けば怒鳴り、さらには人格を否定するような言葉の嵐となるため、委縮する母はそれ以上口を開けない。

俺の教育に関してもそうで、父が指定した私立幼稚園に、いわゆる〝お受験〟をして入園し、大学までエスカレーターで行かせるつもりだったはずだ。俺はそれを裏切り、別の大学を受験して進学した。そこで神木に出会った。

敷かれたレールから外れたのも、香乃子の影響が強い。

俺はいつの間にか、恵まれた環境に満足して必死になることを忘れていた。しかし香乃子が自分で人生を切り開こうとしているのを目の当たりにして、これではダメになると奮起したのだ。

父は自分の意思に反した俺が気に食わず、成人して独立した今なお、支配したがっている。

「御堂は父親の所有物じゃないのに」

所有物か。まさにそんな感じだ。〝息子がかわいい〟ではなく、〝自分の指示通り動く人形がかわいい〟としか見えない。

「俺はいい。だけど、香乃子が……。香乃子に手を出すんじゃないかと心配なんだ」

俺が折れないとわかったら、香乃子に攻撃を仕掛けるのではないかと。

オーファンドラッグの開発の相談に実家に行った翌日。会社の近くで父が俺と結婚させたがっている南波さんに遭遇した。彼女は馴れ馴れしく腕をつかんできたため振り払ったが、父が送り込んできたのは明白だった。

彼女とは幼い頃から何度か会ったことがあるらしく、俺に好意を寄せてくれていたようだが、まったく覚えていない。

そもそも彼女も周囲から俺との結婚をけしかけられて、その気になっただけだろう。父の前で素を見せたことがないのに、俺の本当の性格を知っているわけがない。取り繕った姿を好きだと言われても、困惑するばかりだ。

その点、香乃子は俺のすべてを知っている。俺がふたつの顔を使い分けていることはもちろん、弱い部分もつい強がるところもきっと全部承知していて、それでも隣にいてくれる。

俺が南波さんを完全に拒否したら、いよいよ香乃子に矛先が向く気がしてならない。だからできるだけ香乃子と一緒にいるようにはしているけれど、仕事中は難しい。野上総合以外はどこもかぶっていないし。

「今日は？　まずいときに呼び出したな、俺」

「ここに来る前に、お母さんのアパートに送って預けてきた」

「抜かりないな」

その後しばらく黙々と酒を口に運んでいると、神木がじっと見ているのに気づいた。

「お前、珍しくまいってるな」

観察眼が鋭いのは彼の強みだけれど、俺にまで発揮しないでほしい。

「香乃子と別れるなんて、俺の選択肢にはない。ただ、オーファンドラッグをこのままあきらめてもいいのかと……。いや、あきらめたわけじゃない。だけど、俺はまだ天邦製薬のいち社員でしかないんだ。銀行との交渉も社長である父には敵わないし、今後の開発がどっちに転ぶかも父の手中にある」

母に対してそうだったように、父は取締役たちも完全に支配している。そのため、取締役の中に父に盾突けるような骨のある人は見当たらない。もしいたとしても、辞めさせられて終わりだろう。

努力してなんとかなるなら、泥水だって飲もう。

しかし、俺の前に権力という高い壁がそびえ立っており、それを壊す術《すべ》が今のところ見当たらないのだ。

父を社長の座から引きずり下ろすことも考えたが、今日明日にできることではない。オーファンドラッグの開発中止の決定のほうが先に下されてしまう。

深刻な話をしているのに、なぜか神木がかすかに笑っている。

「なんだよ」

「香乃子さんと別れるという選択が一ミリもないとわかって、安心したんだ。お前の話を聞いていると、彼女、相当いい女だもんな」

神木にそう言われて、条件反射でにらんでしまう。

彼女は俺だけの女だ。

「おいおい。俺は手を出したりしないぞ。そんなことをしたら、お前に殺されるとわかってるからな」

「悪い。癖だ」

「癖って……。微妙な癖だな」

神木は白い歯を見せて笑う。

「彼女を手放したら、お前は終わるぞ。いまや御堂のモチベーションのすべてを彼女が握っているといっても過言じゃない」

間違いない。香乃子の笑顔が見られるなら、なんだってできる。

最愛の人である前に、彼女をひとりの人間として尊敬しているのだ。俺も彼女のように自分の手で未来を切り開くと決めている。そうでなければ、隣に立つ資格はない。

「わかってる」

神木に会ってよかった。立ちふさがった壁が高すぎて見失いそうだった道がはっきり見えてきた。俺は香乃子もオーファンドラッグの開発もあきらめない。

「話が大きすぎて、俺の一存では決められないんだけど……」

猪口《ちょこ》を片手に、神木が意味ありげな言葉を口にする。

「なに？」

「俺、近い将来日本に戻ってくると話しただろ」

「おお。それがどうした」

神木がもっともやりたいのは、国内でこだわりのリゾート地を作ることだ。今は海外に修業に行っているようなもので、並行して国内リゾートの企画も少しずつ進めていると聞いた。どうやら優秀すぎて、海外事業部から離れさせてもらえないらしいが。

「そこに、ホスピスを造る予定なんだよ」

「ホスピス？」

それを聞いてピンときた。

彼は親友を病で亡くしている。おそらくそれをきっかけに、そういう気持ちを抱いたに違いない。

「そう。うちはリゾート開発のノウハウはいくらでもあるけど、医療関係は弱い。緩和ケアに携わっているドクターに接触はしていて、興味を持ってくれる人もいるんだけど……」

「紹介しようか？」

野上総合も緩和ケア病棟を持っており、俺も香乃子も緩和ケアにかかわるドクターに面会する。

余命を宣告されている患者さんが最後の時間を過ごすホスピスは、なにもせず看取るだけだと勘違いする人もいる。しかし、痛みを取り除いたり呼吸を楽にしたりなど、穏やかな日常が送れるように導くスペシャリストであるドクターがいて、別の診療科のドクターが痛みのコントロールについて教えを乞《こ》うこともあるくらいだ。

「それは助かる」

「あとは、社内にドクターの独立や開業にかかわる部署がある。協力できるはずだ」

MRとしてドクターに信頼されると、開業について協力を仰がれるケースもある。さすがにいちMRでは対処しきれないため、その部署に引き継ぐのだ。

「それは心強い。それで、その病院経営をうちの会社と一緒にしないか？」

「は？」

「リゾート地の中にホスピス専門の病院を造る予定だ。病院に赤字が出ても問題ないように、リゾート全体で収益を上げる。それには自信があるんだけど、病院経営だけは、圧倒的に経験が足りない。天邦製薬が手を貸してくれるなら、オーファンドラッグの開発に投資してもいい」

神木の思わぬ提案に、腰が浮く。

「本気か？」

「もちろん。さすがに上の許可を取らないとまずいから、ここで約束はできないが、まあそのへんは俺を信用してくれ」

神木なら話を通すだろう。

彼の父が社長を務める『コンフォートリゾート』は、世界屈指のリゾート開発会社だ。業績はうなぎ上りで、それをけん引しているのが目の前の神木なのだ。彼の意見は、社内でも一目置かれると聞いている。

「別に、融資元が銀行でなくたっていいだろ？」

神木はにやりと笑うがその通り。リゾート開発会社と製薬メーカーがタッグを組むなんて前代未聞。けれど、十分に勝算はありそうだし、神木と一緒に仕事ができると思うと感慨深い。

「もちろんだ」

「社内での説得は御堂の仕事だぞ、有能な後継ぎだとバレるかもしれないけどね」

後継ぎだと知られるのは問題ない。周囲の人たちとは打ち解けているし、今さら遠慮もされないだろう。

問題は香乃子とのことだ。

「説得はいくらでもする。ただ、香乃子に被害が及ばないようにしたい」

父がなにをするかわからないのが不気味だ。俺がダメなら、香乃子に手を出すだろう。俺の最大の原動力であり、同時にアキレス腱となるのは彼女だからだ。

彼女が大学に進学したとき、まだ高校生で金を動かす力もなかった俺は、自分の将来を天邦製薬にささげると決めて、奨学金の受給条件を薬学部のみから全学部に変更してもらった。

香乃子がすこぶる優秀だったため、翌年からも〝薬学部に限る〟という文言は消えたままで、最近は二年連続で文系の女性が選ばれているはずだ。そのうちのひとりはMRとして大阪《おおさか》で活躍しているが、成績上位に名を連ねている。

実は香乃子が奨学金の選考に勝ち残るまでは、毎年三人の受給者は男性ばかりだった。香乃子が女性の可能性を証明したからこそ今がある。

俺はきっかけを作っただけ。けれど、この話を香乃子が耳にしたら落ち込むし、責任を感じるだろう。

俺が天邦製薬で働こうという気になったのは、香乃子を奨学金受給者候補にしたかったからだけではない。幼い頃から身近にあった薬学や医学の本を読めば読むほど、その分野に興味が湧いたのだ。

だから今の仕事は天職だし、苦労はあるけれど楽しい。ドクターから医学の知識について教わるのも、彼らがまだ知らない薬剤の新しい使用方法を調べるのも、心弾む作業だ。

「香乃子さんを守ることに命をかけるような男だからな、お前」

「そういうわけじゃ……」

小刻みに肩を揺らして笑っている神木が、俺の溺愛ぶりを茶化しているのはわかっているが、当たらずとも遠からずといったところだ。

香乃子のためならどんなことだってできる。けれど、その力の源になるのは香乃子なのだ。逆境をも糧にするまっすぐで妥協を知らない彼女の生き方に感化され、今の俺があるのだから。

「モラハラ気質な親父を持つと、苦労するな」

「自分以外はただの駒だからな、あの人。その駒が意思を持ち始めたらすぐに排除する。それを繰り返してきたから、周りにはイエスマンしか残っていない」

このままでは天邦製薬の未来が危うい。

たまたま開発した薬に恵まれているから、俺たちも積極的に営業をかけられる。けれど、他社に明らかに劣る薬剤を売ってこいと言われたら苦しいだろう。製薬メーカーにとって開発力とは、大きな財産であり武器なのだ。開発職の人たちが逃げてしまったら、未来は暗いものとなる。

「俺、経営側に立ちたいと思ったことなんて一度もなかったんだけど……」

現場は苦しくもあれど楽しくもある。正直、社長業には興味もなかった。

神木に打ち明けると、彼はうなずいている。

「やるしかなくなった、か。まあ、御堂がトップに立って引っ張るべきだろうな。上層部が社長のイエスマンしかいないならなおさらだ。天邦製薬の革命だな、これは」

神木はなんでもないように言うけれど、まさに革命かもしれない。社長である父を引きずり下ろそうとしているのだから。

「だけど、香乃子さんは賛成してくれると思うぞ。お前の話を聞いてると、彼女はそういう人だ。常にチャレンジし続けられる稀有《けう》な人。疲れないのかと心配なくらいで、御堂がハラハラしているのはよくわかる」

付き合いが長いからか、神木は俺の心を容易に読む。

香乃子の頑張りには脱帽だけれど、たまには休んでほしいのだ。その止まり木になりたいと常日頃思っているが、彼女はちょっと足をかけただけでまたすぐに飛んでいってしまう。

「ハラハラ通り越して、尊敬だよ。俺も負けてはいられない」

そう言うと、神木は口元を緩める。

「彼女は幸運の女神だな。離すなよ」

「もちろん。で、神木の浮ついた話を聞きたいんだけど」

「俺はいいよ。今はそういうことに情熱を注げない」

彼から熱愛の話は聞かない。まさに仕事ひと筋の男だ。

けれど、香乃子に出会った俺からしてみれば、そういう女性にまだ出会えていないだけ。彼にも運命の女神が現れれば、電撃結婚もあるのではないかと思っている。

「楽しくなるぞ、人生」

俺は香乃子の笑顔を思い浮かべて言った。

◇　◇　◇

南波さんと会ってから営業の仕事に集中できなくなった私は、会社に戻ってたまっていた経費精算にいそしんだ。今は黙々と手を動かしていたかったからだ。

「真野、どうかしたのか？」

「はいっ？」

「泣いてるじゃん」

野呂さんが難しい顔をして私に尋ねる。

心ここにあらずで自分が泣いていることにも気づいていなかった私は、慌てて目を拭った。

「すみません。目にゴミが入って……。あっ、パンダになってます?」

古典的な言い訳をしてしまい、慌てて茶化す。

「パンダにはなってないな。ゴミ、とれたのか?」

「多分……」

「女は大変だな。マスカラの繊維が目に入るって、かみさんが言ってた」

マスカラ……。今日、つけるの忘れてるかも。

「あはっ、そうなんですよ」

バレないように顔を伏せ気味にして言う。

しっかりしなさい、私。

気を引き締め直すも、ちっとも浮上してこない。自分の存在が愛する人の人生を狂わせているのかもしれないと思うと、とても笑っていられなかった。

父のことで頭がいっぱいだったが、まさか別のところで裕一郎くんに迷惑をかけていたなんて衝撃すぎる。

「野呂さん」

「ん？」

「うちの奨学金って、昔は薬学部の学生だけが対象だったんでしょうか」

長く会社にいる彼なら知っているかもしれないと尋ねる。すると研修資料を作っていた野呂さんは手を止め、腕を組んだ。

「そういえば、真野、奨学金組だったな。俺たちみたいな凡人は関係ない話だからよく知らないけど、たしかに奨学金組は薬学部卒ばかりのような。全員知ってるわけじゃないけど」

やはりそうなのか……。

「まあでも、昔は学部とか男女の差別があったんだよ。俺の同級生の女子が製薬会社の就職説明会に行ったら、『女性のMR採用はありません。ただし薬学卒は研究職として採用します』って言われたんだと。今なら大問題だけど、当時はそういうのがまかり通ってたんだよな。俺たち世代のMR、男ばっかだろ?」

たしかに、野呂さんの年代の女性MRはいない。

「そうなんですか……」

「製薬だけじゃなくてほかの業界もそう。女性に出す交通費はないって、履歴書の現住所を見ただけで不採用とか」

「ひどい」

そういう時代に生まれなくてよかった。

「昔はあたり前に男尊女卑だっただろ。その名残がモラハラする男だ。そういうのに引っかかるなよ」

「気をつけます」

その点、裕一郎くんはまったく違う。彼はいつも私の努力を認めてくれるし、女だからと卑下したりはしない。

それにしても、奨学金対象者から薬学部在籍者のみの文字が消えたのは、時代の流れなのか、それとも……。

南波さんの話が本当なのかどうかわからないけれど、不安がなくなることはなかった。


裕一郎くんと別れなければと焦る一方で、その決断がどうしても下せず、それからしばらくは普通に過ごした。

前回心配をかけた反省から、笑顔は崩さないように心がけている。だからか、裕一郎くんには気づかれていない。

彼は学生時代からの友人と食事に行くことになった。私は家にいるつもりだったけれど、「久々にお母さんと親子水入らずで時間を過ごしたら？」と提案されてお言葉に甘えることにした。

母は私が結婚してから見違えるように元気を取り戻しており、現在はドラッグストアで品出しやレジを担当する仕事に就いている。それも製薬会社に就職した私の影響のようだ。

久しぶりに会った母は白髪やしわは増えたけれど、表情が柔らかい。父の事件があってから笑うことすらなかった母が、こんな顔をするのがとにかくうれしかった。

「裕一郎くん、飲み会なの？」

母が用意してくれた夕食に舌鼓《したつづみ》を打ちつつ会話を弾ませる。

「飲み会っていうか、親友に会いに行ったの。いつも海外にいてなかなか戻ってこないんだって」

「海外……。すごい人と友達なんだね」

裕一郎くんが天邦製薬の跡取りだと知らない母は、盛んに感心している。近い将来離婚すると思っていたため、あえて話さなかったのだ。

「そうだね」

「香乃子が幸せそうでうれしいよ。裕一郎くんは優しいし、気遣いも完璧だし」

飲みに行く前に私を送り届け、わざわざ車から降りて挨拶しただけでなく、母が大好物の『千歳《ちとせ》』という和菓子店のお饅頭《まんじゅう》を置いていったのだ。

「うん」

笑顔でうなずいたものの、離婚の危機にある私は冷や汗をかいた。

「お母さん、風邪に気をつけてよ。すぐ無理するんだから」

肉じゃがに箸を伸ばしながら伝えると、母はうれしそうに微笑む。

「気をつけてるわよ。それより、香乃子よ。あなたちょっと痩せたんじゃない？」

鋭い指摘にドキッとする。最近ストレスからか食欲がなくて、昼食を抜くことがあるのだ。

毎日顔を合わせている裕一郎くんには気づかれないほどの体重減少だけれど、久々の母にはバレてしまった。

「ちょっと忙しかっただけ。すぐに戻るから安心して」

「そう……。それじゃあもっと食べなさい」

母は私の好物のチキン南蛮を勧めてくれた。

「……ねえ、香乃子」

「ん？」

なぜか深刻な顔をする母に、緊張が走る。

「裕一郎くんは、あの人のことを知らないのよね」

あの人とは父のことだろう。

「……うん。なんかあった？」

父とは会っていないと思ったのに、まさか母のところにもお金の無心に来ているの？

箸を置いて尋ねると、母は苦々しい顔で口を開く。

「先日、仕事先のドラッグストアで、『大間さんですよね』って話しかけられたの」

「誰に？」

「それが若いお嬢さんで、誰なのかさっぱり。ああ、あなたと同じくらいの歳の」

たちまち心臓が早鐘を打ち始める。南波さんではないかと思ったからだ。

「それで？」

「違いますって逃げてしまって……」

「うん、それでいいよ。お母さんはお父さんとはもう関係ないんだから」

離婚が成立しているのだから、赤の他人だ。

「裕一郎くんに知られてしまったら、香乃子が不幸になるんじゃないかと心配で」

涙目になる母の隣に移動して、背中に手を置く。

「大丈夫。裕一郎くんはたとえお父さんのことを知っても、動じないと思うよ。彼はそういう人だもん」

そうだとわかっている私が、実は一番動揺している。裕一郎くんは受け入れてくれるかもしれないが、世間はそうでないと知っているからだ。

「そうよね。お母さん、ちょっと焦っちゃって。お母さんはなんと言われても構わないの。でも、香乃子は……」

母はまだ中学生だった私を世間の矢面に立たせたことをずっと後悔している。けれど、そうすると決めて勝手に実行したのは私だ。

「大丈夫だって」

笑顔を作ったものの、不安でいっぱいだった。母も、そして裕一郎くんも守るには、どうしたらいいのだろう。

食事のあと裕一郎くんに連絡を入れて、その日は母のアパートに泊まった。

せっかく元気を取り戻した母が不安定になっていると感じたからだ。それに、裕一郎くんもそのほうが神木さんとゆっくりできると思った。

久しぶりに布団を並べて横になると、母は完全に落ち着きを取り戻したようでホッとした。もう苦しんでほしくない。


翌日の昼頃、タクシーで帰宅しようとすると、裕一郎くんが迎えに来てくれた。優しい笑顔で挨拶をしてくれたため、母はいっそう安心したようだ。

助手席に乗り、車を発進させる裕一郎くんに口を開く。

「楽しかった?」

「うん。神木が、今度は香乃子を連れてこいってさ」

「私はいいよ。嫁の悪口大会してもいいよ?」

男性の飲み会はどんな話をするのだろう。

「あいつ独身だぞ」

「そうなんだ」

「今は仕事しか興味ないって。それに香乃子の悪口なんてひとつもないぞ。散々惚気《のろけ》てやったら、ちょっと引いてた」

引かれるほどの惚気って……。

会社でも私たちの結婚は秘密だし、ほかに話す人もいないのかもしれない。我慢させているのだろうか。

「前に、オーファンドラッグの開発のこと話しただろ?」

「うん」

「実は、うちが取引している三友銀行が融資を渋ってて……」

三友銀行?

思わぬタイミングでその名を聞き、息が止まりそうになる。

「それでちょっと困ってたんだけど、神木に相談したら希望が見えてきた」

巧みにハンドルを操る彼の声は弾んでいるけれど、私は頭が真っ白になった。

三友銀行がそんな重要な案件にかかわっていて、しかも融資を渋っているなんて……。間違いなく、南波さんが私の前に現れたことに関係している。

裕一郎くんの口ぶりからすると、まだ父のことは耳に入っていないようだ。しかし、知られるのは時間の問題かもしれない。

「香乃子、聞いてる?」

「うん」

ダメだ。まともに裕一郎くんの顔を見られない。自分でも顔が引きつっているのがわかるから。

赤信号でブレーキを踏んだ彼は、私の頰に手を伸ばしてきて自分のほうを向かせる。

——今は見ないで。離れたくなくて、なんの結論も出せないずるい私の心を暴かないで。

「ごめん。ひと晩寂しくさせたのに仕事の話なんてして、無神経だった」

「違うよ」

とんでもない誤解に大きな声が出てしまい、彼は目を丸くする。

「そう……。でも様子が変だから」

「お母さんと遅くまで話し込んじゃって、寝不足なの。ぼーっとしてるよね、私」

「そっか。それならよかった。嫌われたかと思った。焦ったー」

信号が変わり再びアクセルを踏んだ彼は、安堵の声を漏らす。

彼を嫌いになることなんて、絶対にない。ずっと一緒にいたいのに、運命のいたずらはなんて残酷なのだろう。

「仕事、うまくいきそうなんだね。お祝いしよ」

「その前に、家帰ったら寝ろ。昨日香乃子が戻ってこなかったから、ベスがご機嫌斜めなんだ。多分寝室についていくけど……」

「それじゃあ、たくさん抱きしめてあげないと」

裕一郎くんと別れたら、エリザベスにも会えなくなる。そう思うと、余計に胸が苦しい。

「ベスの前に、俺を抱きしめてくれよ」

「は？」

「は？じゃない。香乃子のいないベッドは広すぎた」

「酔っぱらって寝てたくせして」

たったひと晩離れていただけなのに、そんなふうに言われるのが照れくさくて、ちょっと意地悪を返す。こんな掛け合いももうできなくなってしまうのだろうか。

「そんなに飲んでないぞ。帰ったら、香乃子を抱こうと思ってたし」

「な、なに言ってるのよ」

不意打ちでそういうことを言わないでほしい。

「嘘だと思ってる？」

「そりゃあそうでしょ」

友人と会って楽しい時間を過ごしたのに、どうして私を抱くなんて思考になるの？

「神木が香乃子を褒めるから、嫉妬したんだよ。香乃子は俺のものだって」

「え？　神木さん、褒めるほど私のことを知らないでしょう？」

神木さんとは会ったことすらないのに、独占欲を発揮しないでほしい。

「俺が香乃子の話ばかりするからだろうな。で、俺が生き生きしてるのは香乃子のおかげだろって」

私のおかげで生き生きしている？

「あいつ、観察眼が鋭すぎる」

神木さんの話が正解だってこと？

ピンとこなくて黙っていると、ハンドルを操る彼は頬を緩める。

「昨日抱けなかった分、今日抱きつぶす。だから十分に昼寝しておいて」

「それはちょっと……」

こういうときの彼は、いつも本気だ。

「大丈夫。もっとって言わせるから、俺」

心当たりがありすぎて、耳が熱い。

底なしの体力の彼に組み伏せられてもう無理と思いながら、あまりに幸せで気がつけば『もっと』と求めているのだ。

「構ってやらないと、ベスが怒るよ」

「猫缶をご用意します」

「賄賂《わいろ》だー」

つっこむと彼は笑っているけれど、私は動揺していた。

三友銀行と天邦製薬の間で、なにが起こっているのだろう。南波さんはどう関与しているの？　裕一郎くんのお父さまは、どこまで知っているの？

わからないことだらけで、しかし裕一郎くんに聞くこともできず途方に暮れる。

とにかく、裕一郎くんには被害が及ばないようにしなくては。

私は混乱の中、これからについて真剣に考え始めた。


宣言通りしっかり抱きつぶされた私は、裕一郎くんの尽きない体力に圧倒されつつも幸せだった。

明日、この時間がなくなるかもしれないという危うい立場のせいか、彼の体温を感じていたくてしがみつくと、何度もキスをくれた。触れるだけの軽いものから、舌を絡ませた濃厚なものまで。それらすべてから愛を感じて、瞳が潤むほど。

愛し合っている自覚はあるのに、離れなければならないなんて。

裕一郎くんに父について明かしても、きっと私を受け入れてくれる。そんな根拠のない自信はあるのだが、社長であるお父さまとの確執が気になる。裕一郎くんは、私と社長の座を天秤《てんびん》にかけても、あっさり私を選んでくれそうで怖いのだ。

オーファンドラッグの開発に並々ならぬ意欲を見せる彼は、トップに立つのにふさわしい人だ。きっと天邦製薬の未来を切り開く。

それなのに、迷うことなく社長のイスを放り出しそうな彼にとても相談できなかった。

身を引くしかない。そんな気持ちが高まっている。

月曜は裕一郎くんと出勤した。月曜の朝はほとんどの課員が集まるので時間をずらそうと言ったのに強引に腕を引かれて、一課に足を踏み入れる。すると、半分くらいの人がすでに出勤していた。

「おはようございます」

裕一郎くんが大きな声で挨拶をすると、皆の視線が向く。

「おはよ。仲良く出勤か。結婚はいつだ」

富安さんが茶化してくるのでドキドキするが、裕一郎くんは平然とした顔で口を開く。

「もうとっくにしてますよ。知らなかったんですか?」

爆弾発言はよして！

「知らないな。御堂の妄想なんて興味もない。真野、悪い物件じゃないから本気で考えてやれ」

「あはは」

まったく信じている様子もない富安さんに苦笑する。裕一郎くんは悪い物件じゃないどころか、超がつく優良物件だ。

それにしても、ふたりで出勤してもまったく疑われない私たちって……。

そんなことを考えながらぼーっと裕一郎くんを見ていると、彼に気づかれてしまった。

「あれっ、真野さん俺に惚れちゃいました？」

「は？」

「そんなに見つめると、キスしますよ」

断じて見つめていたわけじゃない。しかし、そう見えたかも。

「そこの羊の皮を着た狼、セクハラだ」

野呂さんが口を挟む。

「すみません。反省」

おどけて言う裕一郎くんが、一瞬夫の目で私を見るのでドキッとした。

簡単なミーティングのあと、皆営業に出始める。

「御堂、ちょっと」

裕一郎くんが課長に呼ばれている。それを見て緊張が走るのは、社長からなにかお達しがあるのではないかと勘ぐるからだ。

課長は裕一郎くんを連れてどこかに行ってしまった。気になりつつ営業に出る準備を始めると、野呂さんが口を開いた。

「御堂、昇進かもな」

「あっ……」

「成績抜群だから文句なし。一課を外れないといいけど」

ここにいられなくなるのか。野上総合の仕事をふたりでできたのは、楽しかったし勉強になった。

寂しいけれど、彼はいつかトップに立つ人なのだからこれでいい。その前に、私がいなくなるのだろうし。

「真野のほうが先だと思ってたんだけどな。上層部の頭が固いんだよ。まだ男尊女卑の風潮が残ってる。だけど、真野も御堂に負けてないぞ。俺が保証する」

「ありがとうございます。野呂さんのお墨付き、うれしいです」

自分の昇進なんてどうでもいいけれど、たしかに同じような成績を残している後輩が先に昇進していくのは、周囲から見れば男女差だと感じるかもしれない。

男女差より、裕一郎くんが御曹司であることが大きいのだけれど。

「それじゃあ、行ってきます」

「うん。頑張れ」

野呂さんに送り出されて廊下に出ると、細川さんが追いかけてきた。

「真野さん」

「もう出る？」

「はい、アポがあって」

私は彼女と一緒にエレベーターに乗り話を続ける。

「御堂さん、昇進かなって噂になってますね」

「みたいだね」

「結婚もそろそろなのかな」

「ん？」

彼女が気になることを言うので、過剰なほどに驚いてしまった。

「私は真野さんと結婚してほしいなと思ってたんですけど、見ちゃったんですよね」

「なにを？」

「このビルの隣の公園で、御堂さんと長めのボブの女性が並んで歩いてるところ。彼女、笑顔で御堂さんの腕に手をかけて話していて。御堂さんの顔まではよく見えなかったんですけど」

南波さんだ。裕一郎くんに接触しているんだ……。

「そっか」

「ちょっと意外でした。御堂さん、真野さんみたいな人がタイプなのかと思っていたんですけど、全然違って」

たしかに南波さんと私はまるで違う。完璧に化粧を施し、おしとやかな雰囲気を醸し出している彼女に対して、私はマスカラをつけるのも忘れて大股で走り回るような人間だ。

とはいえ、南波さんは偶然を装って私に接触し、離婚をけしかけるようなしたたかな女性なのだけれど。

「まあ、結婚するって本人が明かしてるわけじゃないし、あまり噂を立てるのも……」

細川さんにくぎを刺したのは、裕一郎くんの立場を考えたからではなく、完全に嫉妬だ。

「そうですよね。すみません。ただ、こんな会社の近くで会っているくらいだからと思ってしまって……」

「そうよね。御堂くんにしか真相はわからないけど……。アポあるんでしょ？」

「はい。行ってきます」

「うん、頑張ってね」

笑顔で去っていく彼女の背中を見つめながら、私はしばらく動けなかった。


最初に訪れたクリニックでドクターと面会したあと、駐車場でMS（マーケティングスペシャリスト）――卸の営業マンと遭遇した。

私たちメーカーはドクターに薬剤についてのくわしい情報を運ぶが、実際に注文を受けて薬剤を届けるのは卸の人たちだ。彼らは私たちMRと手を組んで薬を売り込むこともあれば、価格交渉もする。

基本的に、どの病医院も薬ごとに購入先の卸が決まっており、一度決定したらずっとその卸が担当となるケースが多い。大病院は期ごとに入札があるものの、ほとんど変動はない。

ＭＳと良好な関係を築くのもＭＲの仕事だ。

「真野さん、新規ありがとうございます」

三十代後半の男性ＭＳが薬の入った箱を抱えて話しだす。

「こちらこそ、いつもありがとうございます」

お礼を言うと、彼が手招きするので距離を縮めた。

「天邦さん、新薬の開発がうまくいってないって噂だけど、本当なの？」

彼は小声で聞いてくる。

オーファンドラッグの件だ。まさかここまで広まっているとは。

「いえ、順調だと聞いています」

「やっぱり噂だよね。そんな大事なことを漏らすわけがないし」

「そうですよ」

内心ドキドキしながら、笑顔で答える。

「天邦さんほどの会社がつぶれることはないだろうけど、そういう噂を利用してドクターの不安を煽るメーカーがいるんだよ。自分のところの薬に変えてくれとアピールを始めるから、気をつけな。俺たちもなんか気づいたら連絡する」

「ありがとうございます。よろしくお願いします」

そうしたドロドロした世界があることも、肝に銘じておかなければ。

これは、裕一郎くんを挟んだ南波さんと私の単なる揉めごとというわけにはいかない。天邦製薬のこれからにかかわる。

改めて、とんでもない騒動の渦中にいるのだと頭が痛い。

もう、決断すべきときが来たのかもしれない。

裕一郎くんと南波さんの仲が進展するかどうかはわからないけれど、少なくとも父の件で裕一郎くんに余計な荷物を背負わせてはならない。彼の未来を私が壊すことだけは避けなければ。

父から離れて、ようやく幸せをつかんだはずだったのに、まだあの事件に苦しめられるとは思わなかった。

悔しい。悔しくてたまらない。どれだけ努力をしても、どうにもならないのだから。

私はその足で銀行に走り、ＡＴＭの取引の限度額である二百万円を引き出して会社に戻った。まずは無償でもらった奨学金を返還しようと考えたのだ。それが裕一郎くんを縛る鎖になっているのであれば、取り除かなければ。

一括で返せるほど貯金がなく、残りはコツコツ返していくつもりだ。

大金を持ち歩くのが嫌ですぐに人事に行こうと社屋の玄関に入ると、目の前に神経質そうな眼鏡姿の五十代くらいの男性が立ちふさがった。

「真野香乃子さんですね」

「は、はい」

「社長がお呼びです」

「社長？」

どこかで見た覚えがあると思ったら、社長の第一秘書だ。年に一度の決起集会のときに、いつも社長の近くにいてサポートしている。

社長が呼んでいるからには、いち社員ではなく裕一郎くんの妻としての私に会いたいのだろう。

ちょうどいい機会だ。

「かしこまりました」

私はそう返事をした。

部署に直帰の連絡を入れてから足を踏み入れた重役フロアは、私たちの足音しか響いておらずもの寂しい。新薬部のあるフロアは誰かしらの声が廊下まで聞こえてきてあんなに活気があるのに、別世界のようだ。

それがまた緊張を煽ってくるけれど、覚悟を決めて前を見据えた。

「失礼いたします。真野さんをお連れしました」

「入りなさい」

社長とは結婚後に一度だけ顔を合わせている。裕一郎くんが妻だと紹介してくれたのだ。そのときはまともに私を見ることもなく『そうか』のひと言で拍子抜けした。

あのとき、興味はないけれど認めてくれたとばかり思っていたのに、おそらくすでに離婚させる気だったのだろう。頭取と私たちを引き離す算段を着々として、準備が整ったに違いない。

秘書がドアを開けてくれたので、ひとりで中に入った。

背後でバタンとドアが閉まり、顔が引きつる。

「座りたまえ」

大きなデスクの向こうの革張りのイスに腰かけ、書類を手にしていた社長は、私をソファに促した。

通った鼻筋が裕一郎くんに似ている気もするが、目はまるで違う。裕一郎くんのぱっちりとしたアーモンド形の目は、お母さま譲りだ。

「失礼します」

私が腰を下ろすと、すぐに女性秘書がコーヒーを持ってきて出ていった。

対面に座った社長は、私を鋭い目で射る。

「裕一郎から聞いているかね」

「なにをでしょう」

私たちを別れさせたがっているのは知っているが、あえて知らない振りをした。そもそも裕一郎くんから聞いたわけではなく、南波さんにけしかけられただけなのだし。

「率直に言う。別れなさい。裕一郎にはもっとふさわしい女性がいる」

ストレートに言われて胸が痛い。けれど、想定内だ。

「……なにも持っていない平凡な私が、社長のお眼鏡に適わないのは承知しています。ですが、なぜそれほど頭取の娘さんとの縁談にこだわられるのですか？」

離婚したとしても、裕一郎くんが縛られないようにしたい。そんな一心で問いかける。

「そんなことは君に関係ないだろ」

「新薬の開発費の融資が受けられないとお聞きしました。裕一郎さんが頭取の娘さんとの結婚を承諾すれば、その件はうまくいくのでしょうか」

思いきって尋ねると、社長の眉がピクッと動く。

「だったらどうした」

「裕一郎さんが意思を持つことは許されないのですか？　意に沿わない結婚を呑んで会社の犠牲になれとおっしゃるのですか？」

偉そうなことを言っているのは自覚している。でも、裕一郎くんを解放してほしい。

「生意気だ」

社長は私をにらんで吐き捨てる。そして冷ややかな目で私を見つめた。

「君があの大間の娘だったとはね」

唐突に放たれた言葉に背筋が凍る。やはり父について調べているのだ。

覚悟していたとはいえ、胸に重いおもりがのったように苦しい。

「金をせびりに来たよ」

「えっ……」

「自分の正体を世間に知られたくなければ、金を用立てろと。横領の次は脅迫だ。落ちぶれた人間は怖いものがないらしい」

衝撃の告白に、目を見開く。

調べられたのではなく、父がみずから乗り込んできたなんて。

頭が真っ白になり、言葉が出てこない。

「三友銀行の頭取もあきれていらっしゃる。金を用立てるつもりはない。君は裕一郎と離婚してもう関係なくなるんだ。そっちで勝手にやってくれ」

「申し訳ありません」

私は唇を噛みしめながら謝罪した。

父がマンションに訪ねてきたあのとき、お金を渡していればこんな事態にはならなかっただろうか。ううん、一度で済むわけがない。遅かれ早かれこうなっただろう。私が早く離婚に踏み切れなかったのが悪い。

「……裕一郎さんとは、離婚します。ご迷惑をおかけして、本当に……本当に申し訳ございませんでした」

涙があふれてきて声がかすれる。一番したくなかった選択をあっさりしなくてはならなくなった。

裕一郎くんの自由だけはもぎ取りたいと意気込んできたのに、そんなことができる立場ではないと思い知らされてしまった。結局私は、裕一郎くんに幸せをもらっただけで、なにも返せなかったのだ。

社長室を出たあと、しばらく記憶がない。気がつけばマンションの前に立っていた。勝手にあふれてくる涙を拭うことすら億劫《おっくう》だ。

裕一郎くんが帰ってきたら言わなければ。離婚してくださいって。

必死に自分の気持ちを鼓舞して重い足を前に進める。すると玄関の横の壁にもたれて立っている父の姿が視界に入り、怒りが頂点に達した。

どんな顔をしてここに……。

私に気づいた父は、「あっ」と小さな声をあげて笑みを見せる。

その笑顔は、お金が手に入ると思っているから？

「なにしに来たの？ 私がそんなに憎い？ 私の人生をめちゃくちゃにして楽しい？」

父の前で泣きたくなんてないのに、涙が止まらない。

「お、落ち着け」

「触れないで」

肩に手をかけられて振り払う。

「天邦製薬にお金をせびりに行ったんでしょう？ いつまで私は、お父さんの罪を背負わないといけないの？ もう、嫌……」

もうなにもかも嫌だ。いなくなってしまいたい。

愛する人との幸せな未来を望むことすら許されないなんて。どれだけ努力しても、あっさりかき消される。これからなにを目標に生きていったらいいの？

「香乃！」

そのとき、私の名を呼ぶ愛しい人の声が聞こえてきて焦る。

こんなみっともない姿、見せたくなかった。父に会わせたくなかった。

駆け寄ってきた裕一郎くんは、私を背に隠したあと、父の胸倉をつかむ。

「香乃になにをした。返事によってはただじゃおかない」

裕一郎くんのこんなに低い声を初めて聞いた。目をつり上げ怒りをあらわにする彼は、今にも殴りかからん勢いだ。

「ま、待ってくれ。私は香乃子の父親だ」

「父親？」

裕一郎くんは驚いた様子で手を放した。

「父親面しないで。私の人生をかき回さないで」

悔しくて唇を強く噛みしめると、鉄の味がする。

「か、金の件は……若いお嬢さんから、天邦製薬の社長に会いに行けば貸してくれると言われて。このマンションを教えてくれたのも、そのお嬢さんだ」

若いお嬢さんって……まさか、南波さん？

「指定された日に行ったけど、今は払えないから少し待ってほしいと」

「なにそれ……」

全部仕組まれた罠だったの？

「持ち金がなくなって、お前に借金を断られて……藁《わら》にもすがる思いで会いに行った。でも、結局借りられなくて……」

「借りることばかり考えてないで、自分でなんとかすべきでしょう？」

感情的になり強い言葉を放つと、父は苦々しい顔でうなずく。

「香乃子の言う通りだ。娘を泣かせてなにやってるんだと、反省した。自分のせいでこんな状況に陥っているのに、自分だけ追い詰められたような気でいて……。今日は、今までのことを謝りたくて。謝って許してもらえるとは思ってない。でも、謝らせてくれ。本当に申し訳なかった」

父は深々と頭を下げる。

「あのあと就職できた。今度こそ、なにがあろうとも必死に食らいつく」

「香乃子？」

放心して父を見ている私に、裕一郎くんが声をかけてくる。なにが起こっているかわからない彼は、さぞかし混乱していることだろう。

「あの……」

なにをどう話したらいいのかわからず、言葉が続かない。すると裕一郎くんは父に向かって口を開いた。

「大変失礼しました。香乃子さんと結婚させていただきました。御堂裕一郎と申します。すみませんが、今日のところはお引き取りいただけないでしょうか。改めて連絡させていただきますので、連絡先を教えてください」

裕一郎くんは父と電話番号を交換している。私はそれですら嫌だったけれど、止める気力も残っていなかった。

「香乃子、行こう」

私は裕一郎くんに引きずられるようにして、家に帰った。

玄関に入ると、いつものようにエリザベスが駆けてくる。

「ベス、ベス」

私はベスを思いきり抱きしめた。

ベスがつないでくれた私たちの絆が、終わりを迎えようとしている。もう全部話さなければ。そして今まで黙っていたことを謝らなければ。

裕一郎くんはベスごと私を抱きしめてくれる。〝大丈夫だ〟という声が聞こえてくる気すらするのは、彼の包容力を知っているからだ。

しばらくそのまま涙を流し続けていると、飽きたのかベスがリビングに行ってしまい、妙に寂しい。

「ベス、腹が減ってるんだ。香乃子はこっち」

裕一郎くんは私を軽々と抱き上げ寝室に運び、ベッドに座らせてくれる。

「ベスに餌をやったらすぐに戻る。そうでないとゆっくり話もできない。少し待てる？」

「……うん」

うなずくと、彼は私の頭をトントンと叩いてから出ていった。

ひとりになると、父が事件を起こしたあの日から起こった様々なことが頭をよぎり、一旦は止まった涙があふれそうになりこらえる。

きっと泣きたいのは裕一郎くんのほうだ。

ペットボトルの水を持って戻ってきた彼は、私の隣に腰かけてそれを渡してくれた。

「少し落ち着いた？　飲もうか」

「……うん」

返事をしてキャップに手をかけたものの、それを開けられないほど動揺している。

「しょうがないな」

彼は私からペットボトルを奪うと自分の口に含み、口移しで飲ませてくれた。

「おいしい？」

「……う、うん」

なんとか返事をすると、彼は苦笑している。

「そこは嫌がってくれないと、俺のSのスイッチが入らないだろ」

そんな冗談を言いながら、彼は私を引き寄せた。

「焦ったよ。直帰したと聞いたのに会社に営業車はあるし、電話もメッセージもつながらない。慌てて帰ったらあんなことになってて……」

「ごめんなさい」

「謝らなくていい。俺は香乃子の夫なんだから、一生香乃子の味方だ。なにがあったか話してごらん」

「……うん」

相槌しか打てずしばらく黙り込んだのに、彼はそれ以上急かそうとしない。きっと私の心に踏ん切りがつくのを待っているのだ。

「……裕一郎くん」

「どうした？」

「わた……私と、り……」

離婚してほしいと伝えようとしても、言葉が続かない。

私はなんて弱くてずるいのだろう。自分の存在が彼を窮地に追い詰めるとわかっているのだから、迷わず離婚を伝えるべきなのに。

私は深呼吸をして心を落ち着けたあと、彼から離れた。そしてまっすぐに目を見て口を開く。

「私と、離婚してください」

精いっぱい強がって、はきはきと伝える。すると彼は目を見開き、微動だにしなくなった。

「香乃子、お前……」

「裕一郎くんと結婚してから、毎日が楽しくて。こんなに幸せでいいのかってずっと思ってた」

「それならどうして……」

彼は私の手を握り、首を横に振る。

「でも、これ以上は難しそうなの。私が望まない未来が待ってるから」

裕一郎くんが傷つく未来が。

「私、裕一郎くんの自由な未来だけは守りたくて頑張ってみたけど、全然役に立てなかった。裕一郎くんにたくさんの幸せをもらったのに、私はなにもあげられなかった……。ごめんね」

我慢していた涙がひと粒頬にこぼれていく。すると難しい顔をした彼は、それをそっと拭ってくれた。

「香乃子だって、俺に幸せをくれた。父への反発心でいっぱいで投げやりだった俺の人生を、香乃子が変えたんだよ」

そう言ってもらえるだけでうれしい。だったらなおさら、裕一郎くんのこれからを応援しなくては。枷《かせ》になるなんてもってのほかだ。

「私ね、オーファンドラッグの話を聞いて、さすが裕一郎くんだなって思ってた。天邦製薬だけでなく、これからの社会に必要な人だって。ずっと応援してる」

離れても、彼の活躍はどこかで見ていたい。

「だったら隣で応援してくれよ。香乃子がいてくれれば、どんな努力だってできる」

無理なの。私が隣にいると、その努力が水の泡になる。私がこれまでそうだったように。

「ごめん」

「納得できない。なんで離婚なんだ」

彼は激しく首を横に振る。

「さっきのお父さんの話……。俺の父に会いに行けば金を貸してくれるって、どういうこと？　離婚を言いだしたことと関係あるだろ」

父のことに触れずに別れたかったけれど、会ってしまったのだから難しそうだ。

私は意を決して口を開いた。

「ずっと黙っててごめんなさい。父は……以前、三友銀行に勤めていて」

「三友？」

裕一郎くんは目を見開く。

「そう。でも、愛人にお金をつぎ込んだ挙げ句、横領事件を起こしてしまったの」

「横領って……」

きっとこれで合点がいっただろう。私たちは離婚するしかないのだと。

「直後に両親は離婚して、それから父がどうしてたのか知らない。だから疎遠だったのは嘘じゃないけど、どうしても事件のことを打ち明けられなくて……」

「それで香乃子は悩んでたんだな」

問いかけられてうなずく。

「近い将来、天邦製薬を背負う人の妻が犯罪者の娘なんて、世間が許してくれるわけがない。わかってたのに、裕一郎くんと離れたくなくて黙ってました。ごめんなさい」

深々と頭を下げたのに、すぐに肩を持ち上げられてしまう。

「正直驚いたけど、香乃子のせいじゃないだろ。むしろ被害者だ」

そう言ってくれるとわかっていたからこそ、明かせなかった。

「そうだとしても、裕一郎くんみたいに優しい人ばかりじゃないの」

今日まで父の罪を背負って生きてきた私と母が一番よくわかっている。自分自身がなにをしたわけでなくても、私たちは加害者側なのだ。

「たしかにそうかもしれない。でも、俺たちが離婚しなければならないなんておかしいだろ。もし香乃子のお父さんのことが原因で俺も許されないというなら、社長のイスなんて——」

それがダメなの。

「離婚の権限は私にあるはずよ」

私が言葉を遮ると、裕一郎くんはハッとした顔を見せる。

結婚したとき、彼はそう約束した。

急な求婚に戸惑う私を安心させたくてそう言っただけなのはわかっている。彼はきっと、自分に惚れさせる自信があったのだと。それくらい愛を注いでくれたし、もともと好意を寄せていた私は、抜け出せないほど彼の愛に溺れてしまった。

だからこそ、今このカードを切る。彼が結婚のときに、ベスを助けたお礼を持ち出したように。

「あれは……」

彼は難しい顔をして唇を噛みしめる。

「裕一郎くん、私のために天邦製薬に入ってくれたんだね」

ずばり問うと、彼は目を見開いた。

「全然知らなくて……。能天気に奨学金の審査に通ったって喜んで……。ごめんね。裕一郎くんの自由を私が奪ってしまった……。奨学金は返します。今日、お父さまに会ったときに渡そうと思ったのに渡しそびれてしまって……」

「父に会ったのか？　それでお父さんのことを知ったんだな」

私がうなずくと、彼の眉間にしわが寄った。

「私の父がお金の無心に来たと言われたの。父が犯した罪についても知られてた。そりゃあそうよね。三友銀行で起きたことだもの。裕一郎くんの縁談のお相手、三友銀行の頭取の娘さんなんだよね」

「……そうだ。離婚して一緒になれと言われている」

細川さんが社屋の近くで南波さんらしき人と裕一郎くんが一緒にいるのを見たと話していたけれど、あれはわざと誰かに目撃されるようにしていたのかもしれない。裕一郎くんとの既成事実をでっちあげるために。

事実を知れば知るほど用意周到で、背筋が凍る。向こうは二年間、裕一郎くんとの結婚のために念入りに準備してきたのだろう。

「でも俺は、そんな話に乗るつもりはない。香乃子、いろいろ誤解があるようだからちゃんと聞いて」

彼はそんな前置きをしたあと、私の目をまっすぐに見つめて口を開く。

「たしかに、入社を条件に香乃子を奨学金の審査にのせてもらった。でも、通ったのは香乃子の実力だ。それに、天邦に入社するよう父に命じられたのは本当だけど、そうすると決めたのは嫌々じゃない。学業に仕事に限界まで頑張る香乃子を見て、自分の将来をよく考えた結果だ」

彼は姿勢を正して続ける。

「俺、なにがしたいのか真剣に考えた。社長になることには興味がないけど、誰かの命を救えるかもしれない薬に携わりたいとずっと思ってたんだ。もちろん、製薬会社の社長の息子として生まれた環境は大きい。だけど、天邦製薬に入社すると決めたのは、自分の意思だ」

「裕一郎くん……」

彼の真剣な目を見るに、嘘をついているとは思えない。けれど、罪悪感がどうしても消えてくれない。

「野上の救命でショック状態にある患者さんが何人も助かるのを目の当たりにして、俺の選択は間違ってなかったと思ってる。もちろん、ドクターたちの活躍があってのことだけど、ペニシリン騒動のときにその気持ちはより強くなった」

そういえばあのとき、堀田先生にオーファンドラッグの開発や薬剤の安定供給について、力強く宣言していた。

「だから、香乃子が責任を感じることなんてない。それに、俺は香乃子の笑顔が見られてすごく満足なんだ。香乃子はもう、俺の人生の一部だから」

そんなふうに言われたら、別れるのが余計つらくなる。

裕一郎くんの強い気持ちは涙が出るほどうれしいけれど、志高く天邦製薬を引っ張っていくだろう人の隣にはいられない。

「ありがとう。でも、離婚してください」

私は同じ言葉を繰り返した。

もう十分だ。裕一郎くんに愛されて、そして守られて……あきらめかけていた幸せを感じられた。

「断る。俺たちの問題以外で別れるつもりはないよ」

「私たちの問題よ。もう、つらいの。私のせいで裕一郎くんが苦しむのを見たくない。お願い、解放して」

本当は違う。彼が苦しいならその半分を背負いたい。

でも、それは私のエゴだ。彼がつかめるはずの未来を手放さなければならなくなるなんて、耐えられない。

「俺が苦しいとしたら、香乃子を失うことだ。俺はオーファンドラッグの件で父の方針に疑問を持って、社長を目指すと決めた。父に任せておいたら、天邦製薬は廃れてしまう」

彼は決意に満ちた表情で続ける。

「だからって、香乃子を手放す選択肢もない。俺を見くびらないでくれ。社長のイスも愛する妻も、絶対にあきらめない」

彼がきっぱり言ってくれるのがうれしい。でも、素直にうなずけるほど問題は簡単ではないのだ。

「裕一郎くんは、楽観的すぎるよ。世間の冷たい目がどれだけ心に刺さるか、経験したことがないからわからないんだよ」

彼の腕をつかみ、必死に訴える。

父の罪が発覚したあの日から、私の生活は一変した。歩いているだけで心を切り裂くような言葉を浴びせられ、自分には生きている価値がないのではないかと思いつめた。実際母は壊れてしまった。

彼にあんな思いはさせられない。父と血のつながりがある私は仕方がなくても、彼はまったく無関係なのだから。

「そうだな。楽観的かもしれない。でも、香乃子を失うくらいならなんだって耐えられる。それに、香乃子も俺も悪いことなどひとつもしていないだろ。堂々としていればいい。俺が香乃子の盾になる」

彼のことだから、その言葉に嘘はない。自分が傷だらけになろうとも私を守り通してくれるだろう。

でも、優しいあなたが傷つくのを見ていられないの。

「離婚の権利は私にあるでしょ」

「香乃子……」

彼は困った顔をして頭を抱える。

やはり、結婚に踏み切るべきではなかった。結婚を持ちかけられたとき、なにもかも明かして断るべきだった。

けれど、彼の縁談がなくなりほとぼりが冷めたら別れると思っていたし、裕一郎くんの役に立てるならと妻役を引き受けてしまった。

ううん、そうじゃない。きっとひそかに恋心を寄せていた裕一郎くんの妻になれるのがうれしかったのだ。

自分の気持ちに負けた私が悪い。

裕一郎くんは私の肩をつかみ、強い視線を送ってくる。

「俺は香乃子を愛してる。結婚を申し込んだとき、香乃子がためらうのがわかってとっさにベスの件を持ち出したけど、もちろん最初から本気だった。縁談が持ち上がって、突然のプロポーズになってしまって……もっと早く告白しておけばよかったと何度思ったことか」

彼が本気だということは、もうずっと前から気づいている。そのくらいの熱量で愛を伝え続けてくれたからだ。

唇を噛みしめる彼は、大きく息を吸い込んでから続ける。

「だけど、それまでの香乃子との関係が心地よすぎて、もし告白して断られたらこうして会うこともできなくなるのかと思うと踏み切れなかった。それに……先に就職した香乃子を追い越してからだと決めていたんだ。香乃子を守れる自信がついたらそのときはと、ずっと……」

そんなふうに思ってくれていたのか。

たしかに、ベスを口実に裕一郎くんに会える時間は私にとっても大切なひとときだった。とっくに彼に惹かれていたのにその気持ちを心の奥にしまっていたのも、拒否されたらふたりで過ごせる時間までなくなってしまうと恐れてのこと。

私たちはお互いに同じことを考えていたのだ。

「香乃子」

悲痛な面持ちの彼は私を引き寄せて抱きしめる。

「いなくならないでくれ。俺のそばにいてくれ」

私は彼のシャツを強く握りしめ、静かに涙を流した。

私だってそうしたい。でも、彼には製薬会社を率いて社会貢献するという大きな目標がある。愛しているから、それを応援したい。

「もう一度だけチャンスをくれ。俺が全部片づける。全部片づけて、香乃子と幸せになる」

彼の力強い言葉が胸に響いて、ますます涙が止まらない。

甘えたい。でもそんなことをしたら彼が……。

激しい葛藤で苦しくて、もうなにもかも裕一郎くんに委ねてしまいたい衝動に駆られる。

「なあ、香乃子。俺にも香乃子の肩の荷物を分けてくれよ」

そんな温かい言葉をかけないで。覚悟が揺らいでしまうから。

「……怖いの」

「なにが？」

「裕一郎くんを幸せにしたいのに、肝心の私が壊すんじゃないかって」

たまらず本音をこぼすと、彼は体を離して私を見つめた。その表情があまりに優しくて、鼓動が速まっていく。

「それ、俺のこと好きだって言ってる？」

「あっ……」

「だったら、なおさら頑張らないとな。香乃子の愛があれば、負ける気がしない。香乃子」

彼は私の両頬を大きな手で包み込み、私をまっすぐに見つめる。

「愛してる。俺はなにもあきらめない。必ず幸せをつかんでみせる。俺にチャンスをくれ」

強く語る彼にそれ以上抗えず、私はうなずいた。

翌日。裕一郎くんは私の手をしっかりと握って出社した。

「ねえ、放して」

「ダメだ。香乃子は俺のものなんだから」

しかも、指をしっかり絡めている。これではいつもの戯《たわむ》れだとは思われないのに。

こんな握り方を同僚とする人はさすがにいないだろう。

「おはようございます」

尻込みする私を引っ張る彼は、ドアを開けてさわやかに挨拶をした。

「おはよ」

数人が挨拶を返してくれたものの、私たちに目が釘づけだ。

「なんだ。とうとう付き合いだしたのか？」

野呂さんが笑いながら茶化してくるけれど、離婚を考えるような深刻な状況なのに笑えない。

「皆さんにご報告があります」

「えっ、ちょっ……」

なにを言うつもりなのか、裕一郎くんが皆の視線を集めるので焦る。

「隠していてすみません。実は俺たち、結婚しています」

嘘……。

「裕一郎くん？　あっ……」

動揺しすぎて下の名で呼んでしまい、完全に墓穴を掘ってしまった。

野呂さんをはじめとする一課の仲間は、口をあんぐりと開けて私たちを見ている。

「結婚？　本当か？」

「はい。二年前から夫婦です。それと俺、関社長の息子です。御堂は離婚した母の姓でして」

野呂さんに問われて全部ぶちまける裕一郎くんに驚き、言葉が出てこない。

「社長の……？」

富安さんが驚きのあまり立ち上がった。

「はい。俺たちの結婚は反対されています。今も離婚しろと迫られています」

「まじか……」

そう漏らす富安さんの顔が引きつった。

「でも俺、香乃子を愛しているので離したくありません」

まさか仲間の前で私への愛を語るとは思ってもいなかった。けれど、彼の覚悟の大きさを感じて、胸が震える。まさに彼のすべてをかけて、私たちの結婚を、そして私を守ろうとしてくれているとわかったから。

「これから俺たちに関する不利益な情報が飛び交うかもしれません。でも噂を鵜呑《うの》みにしないでください。全部お話ししますので、俺たちに直接聞いてください。どうかお願いします」

彼は仲間を味方につけようとしているのだ。きっと、苦楽をともにしてきた人たちは私たちを信じてくれる。

裕一郎くんが深々と頭を下げるので、私も隣で同じようにした。

彼から離れなければ。私さえ身を引けばすべてうまくいくとばかり考えていたけれど、気持ちがすとんと落ち着いた。

私も一緒に闘おう。だって、裕一郎くんのことが大好きなのだから。

腹が据わったら、もうなにも怖いものなんてなくなった。

「私の父は、私が中学生の頃に横領事件を起こしました」

「香乃子……」

真実を語り始めた私に、裕一郎くんが驚いている。

「その娘が、将来天邦製薬を引っ張っていく人の妻にふさわしいわけがありません。御堂くんを窮地に立たせるなら別れるべきじゃないかと悩みました」

涙をこらえていると声がかすれる。けれど、真剣に耳をそばだててくれる仲間を見て、前に進む決意ができた。

「でも、別れたくありません。どうか、私に闘う権利をください。お願いします」

彼らにも裕一郎くんの隣にいてもいいと認められなければ。そんな一心で言葉を紡ぐ。

一瞬静寂が漂い緊張が走ったけれど、どこからともなく拍手が沸き起こり、やがて部署中に広がった。

「当然だ。ずっと前から言ってただろ。早く結婚しろって」

野呂さんが近づいてきて、私の肩を励ますようにトンと叩いてくれる。

「真野も引け目を感じる必要ないぞ。お前は、うちの課の自慢のMRだ。俺たちが胸を張って御堂の嫁に推薦する」

野呂さんの言葉がどれだけうれしかったか。我慢していた涙がこぼれそうになる。

「……って、どっちかというと、真野の夫に御堂を推薦するくらいのつもりだったけど……。お前、社長の息子って、すごいカード隠してたな」

今度は強めに裕一郎くんの肩を叩く野呂さんが苦笑している。

「だからって、俺は俺ですし」

「なんだよ。真野にしっぽ振る忠犬じゃないのかよ」

富安さんが笑っている。

「忠犬ですよ。いつも妻に従順な夫ですから」

「ちょっと、嘘つかないで」

私の尻に敷かれているような言い方をするので裕一郎くんに抗議すると、部署に笑いが広がった。

「ま、最高にお似合いのカップルだ。俺たちも一緒に闘うぞ。離婚させてたまるか」

「野呂さん……。ありがとうございます」

私がお礼を言うと、野呂さんは優しく微笑んだ。

ざわつきが収まらない中、細川さんがやってきた。

「真野さん。私……ごめんなさい」

きっと裕一郎くんと南波さんの関係を疑うような話をしたことだ。

「ううん。大丈夫。黙っててごめんね」

「御堂さん、浮気してませんよね？」

面と向かってはっきり尋ねる細川さんは、私を守ろうとしてくれていると感じた。

「もちろん。俺、香乃子ひと筋だから」

「よかった……。実はすぐそこの公園で女性と歩いているのを見て……」

「あの人は、父から離婚したあと結婚しろと言われている人なんだ。急に訪ねてきて食事に誘われたけど、もちろん断った。香乃子以外の女性と食事をするつもりはないし」

やはり南波さんだったようだ。

さりげなく惚気られて、照れくさくてたまらない。

「そっか……。実はほかにも目撃した人がいたみたいで、女子社員の間で噂になってて。私、責任持って否定しておきます。女子の噂話の伝達速度はすさまじいですから、三日以内には全社におふたりの熱々ぶりが広がるはずです。期待しててください」

「えっ、それはいいのよ？」

南波さんとの噂だけ否定してくれれば。

「それは楽しみだ」

「は？」

心なしかうきうきしている裕一郎くんに、目が点になる。

「真実だからいいだろ」

「いや、でも……」

「恥ずかしがるなって」

素の彼が、いつものように私をいじめる。

「意外と、御堂さんが主導権握ってるんですね」

細川さんがぼそりと漏らした。

彼女も裕一郎くんがかわいいわんこだと思っていたのだろう。

「とにかく、私、応援してます」

私の手を握る細川さんがうれしそうに言うので、私も笑顔になれた。

それから裕一郎くんは課長に呼ばれていた。彼が社長の息子だということについて確認されているに違いない。

そういえば、昇進の話はどうなったのだろう。今となっては、社長のイスを目指す彼に、昇進なんて意味がないけれど。

それからしばらく事務処理をしていると、裕一郎くんが文献を差し出してきた。

「野上行くだろ?」

彼はもう本来の姿を隠すつもりはないらしい。いつもの柔らかい口調とは違い、敬語も使わずきびきびと聞いてくる。

「うん。昼頃に行く予定」

「悪いけど、脳外の倉田先生に届けてくれないかな。会えなかったら、医局に置いてきてくれればいいから」

私たちがやり取りしていると、野呂さんが口を挟んだ。

「お前たち、いつもそんな感じなのか。だまされてたな。絶対、真野が尻に敷いてると思ったのに」

「敷かれてますよ」

裕一郎くんは真顔で答える。

「もう、いい加減なこと言わないでよ」

焦っていると、野呂さんはパソコンのキーボードを打ちながらくすくす笑っている。

けれど一転、真顔になり手を止めた。

「御堂。うちの大切な姫を守れよ。泣かせたら袋叩きにしてやる」

「野呂さん……」

私の教育係であり、独り立ちしてからもずっと見守ってくれていた彼にそう言われて、目頭が熱くなる。

こんなに大切にされていたんだ、私。

「任せてください。好きな女くらい守ってみせます」

「言うな」

頬を緩めた野呂さんは、再びキーボードを叩きだした。

廊下に出てくわしく話を聞くと、裕一郎くんが私に文献を託したのは、友人の神木さんの会社に赴くためらしい。

以前、三友銀行に融資を渋られて困っていると話していたけれど、どうやら神木さんの会社が融資を検討してくれていたのだとか。

その件が正式にまとまりそうで、最後の詰めをするそうだ。裕一郎くんはその結果を持って、社長のところに乗り込むと眼光を鋭くして語った。

この件について、課長にすでに話を通したと涼しい顔で言う彼の仕事の早さに脱帽だ。朝、私たちのことをいろいろ聞かれたときに承諾を得たという。

課長は上層部にバレたら首が飛ぶと頭を抱えていたようだけれど、『お前の船に乗る』と言ってくれたとうれしそうだった。

一課の仲間の応援を得て、私の気持ちは完全に定まった。

もう顔を伏せて生きるのはやめる。

また罵声が飛んでくることもあるだろう。でも裕一郎くんが隣にいてくれるなら、きっと跳ね返せる。もう負けない。

仕事を終えて帰社すると、裕一郎くんがすでに戻ってきていて、駆け寄りたい衝動に駆られる。しかし夫婦だと明かしたばかりで、なんとなく声をかけづらい。

彼のうしろを通って自分の席に行こうとしたのに、不意に腕をつかまれて止められた。

「融資の件、神木の会社の決済は下りた」

「よかった。お疲れさま」

これであとは、天邦製薬がどうするかだ。

お父さまは、銀行から融資を受けやすくするようにという理由で、裕一郎くんと南波さんとの結婚を望んだ。その理由をつぶせる。そしてオーファンドラッグの開発も中止しなくていい。

「サンキュ」

こんな会話が会社でできるようになるとは。

その日、帰宅した裕一郎くんは、私の父に電話を入れた。

感情的になってうまく話せそうになかった私は、裕一郎くんに私や母がどんな思いで今まで生きてきたのかを伝えてもらった。

父は『自分だけ追い詰められたような気でいて』と話していたが、私はともかく完全に裏切られた母の苦しみはきちんと受け止めてこの先を生きてほしかったからだ。

ソファに座る裕一郎くんの隣でベスを抱いていると、彼は突然電話をスピーカーに変えた。

『私が償えばそれで済むと……。本当に浅はかでした。香乃子を幸せにしてやれなくて……』

父の泣き声が痛々しく、ベスを強く抱きしめる。

「お父さん。厳しいことを言うようですが、香乃子さんやお母さんがお父さんに会いたいと思うまでは、一方的に押しかけるのはご遠慮ください。謝罪されたいお気持ちはわかりますが、謝罪して気持ちがいいのはお父さんだけです。香乃子さんの胸にはまだ深い傷があるんです。謝られたからといって許さなければならないのは酷です」

裕一郎くんの言葉に驚き顔を見ると、うなずきながら私の肩を抱く。

「私が香乃子さんの心の傷を必ず癒やします。でも、何年かかるかわかりません。二度と会えない可能性だってある。それだけのことを、お父さんはされたんです」

裕一郎くんはひと言ひと言噛みしめるように言う。

「いつか会える日を願うなら、そのとき香乃子さんに恥じない人でいてください。彼女以上に努力してください。がむしゃらに頑張ってきた彼女は、簡単に超えられませんよ。でも、超えてください」

裕一郎くんの父への要求が、厳しくもあり優しくもあり、私は隣でうなずいた。

『はい。肝に銘じます』

「お父さん」

『香乃子？』

たまらなくなり口を挟むと、父が即座に反応する。

「私は簡単に許してあげないんだから。でも、待ってる」

『ありがとう。心を入れ替えていちから始める。本当に悪かった』

心を落ち着けようとベスを抱きしめて深呼吸を繰り返していると、電話を終えた裕一郎くんがベスごと抱きしめてくれた。

「俺が窓口になる」

「うん、ありがとう」

会いたくなれば会えばいいし、二度と会わなくても構わない。そんな選択肢を彼が与えてくれたので、もやもやしていた気持ちが落ち着いた。

「それじゃあ、撤回しないとな」

「なにを？」

尋ねると、彼は体を離して優しく微笑む。

「離婚」

「あっ……」

もうわかってるくせに。

ベスを床に下ろして姿勢を正し、彼をまっすぐに見て口を開いた。

「私と、一生一緒にいてください」

「香乃子……。もちろんだ。絶対に離さない」

彼は泣きそうな、それでいてうれしそうな表情でそう言うと、私を抱き寄せて唇を重ねた。

私たちの関係を会社の仲間に打ち明けてから、裕一郎くんは水を得た魚のように精力的に動き始めた。

そんな裕一郎くんを見ていたら、未来がどう転ぼうが、彼との幸せを目指して今できることをひたすら頑張るのみだと思い直した。

「行ってきます」

文献とパンフレットがずっしり詰まった重い営業カバンを片手に一課を出ると、すぐに裕一郎くんが追いかけてきた。

「真野さん」

後輩の仮面をかぶった彼は、私を苗字で呼ぶ。

「野上、俺もあとで行くんで」

「了解。薬剤部の前で待ち合わせね」

私はこれから野上総合に向かうが、彼はその前に別の開業医にアポイントがあるのだ。

ふたりでエレベーターに乗り込み、ドアが閉まった瞬間、彼は突然私の腰を抱いた。

「ちょっと、会社でしょ！」

「俺、香乃子との関係を皆に話せてうれしかったけど、秘密のドキドキ感も結構楽しかったんだよね」

無駄に色香を漂わせる彼は、そう言いながらこめかみにキスをする。

「裕一郎くん！」

「ヤバ。ドキドキする」

変な刺激を求めるのはやめてほしい。

抗議しようと思ったのにドアが開いて人が乗り込んできたのでできなかった。

エレベーターを降りると、彼は不意に私の腕を引く。

「真野さん、俺を頼ってください。なにかあったらひとりで抱え込まないこと。約束してくださいね」

「ありがとう。約束する」

裕一郎くんは私の顔の前に小指を立てる。指切りをしろということだろうけれど、周囲に人がいて面映ゆい。

「あれっ。キスのほうがよかっ――」

「わかった」

慌てて彼の口を手で押さえて小指を絡めると、満足そうな顔をしている。

裕一郎くんと一緒にいると、終始この調子。困るのに、このドキドキ感に心地よさを感じるなんて……彼の思うつぼかしら。

名残惜しそうに指を離した彼は、ようやく去っていった。


野上総合で仕事を始めた私は、第二内科のドクター数人と処方について話したあと、薬剤部に足を向けた。もうすぐ裕一郎くんが来るはずだ。

彼に会えると思ったら心弾んでいたのに、いきなり気分が下降した。南波さんが待ち構えていたからだ。

私に気づいた彼女が近づいてきたが、無視して足を進めようとした。

「ちょっと、待ちなさいよ」

「仕事中です」

冷たく言い放つと、あからさまに顔をしかめる。私が下手に出ないのが気に入らないのかもしれない。

「いいの？ さっきのドクターにお父さんの話、しちゃおうかな」

私の行動をいちいち監視しているようでため息が出る。

「ストーカーですか？　警察に突き出しますよ」

「は？　警察沙汰になったのは、あなたのお父さんでしょう？」

「そうですね。でも、私ではありません」

裕一郎くんと一緒に生きていくと決めた今、もうなにも怖くない。彼を失うこと以外には。

きっぱり言うと、南波さんは目を見開いている。

「あなたね」

「私の妻がなにか？」

裕一郎くんの声が聞こえてきたので振り返ると、近づいてくる彼の目が怒りを纏っていた。

「裕一郎さん。こんにちは」

ずっと眉間にしわを寄せていたくせして、南波さんは即座に笑顔を作り挨拶している。

「お久しぶりです。なるほど。あなたが香乃子に……」

私の隣まで来た裕一郎くんは、意味ありげな言葉をつぶやく。

「南波さん。お手数ですが、今晩うちの実家に来ていただけますか？　あなたとの未来について、父を交えてお話があります。私たちは仕事がありますので、失礼します」

裕一郎くんが〝あなたとの未来〟なんて思わせぶりな言い方をしたからか、南波さんはかすかに口角を上げた。

私に勝ったと思っているのだろうか。

彼女から離れると、裕一郎くんが口を開く。

「香乃」

「なに？」

「ごめんな、俺のせいで」

きっと裕一郎くんは、南波さんの姿を見た瞬間、すべて察したのだ。私が父の話をネタに、彼女から離婚を迫られていることを。

「ううん。愛を感じてるから平気」

なんて、愛を感じているからこそ離れなければと悩んだし、不安でいっぱいになった。でも、裕一郎くんから離れないと決めた今、今度はそれが大きな武器になっている。

そんなふうに返すと、彼は一瞬目を大きく見開いたあと頬を緩めた。

「煽りすぎだろ」

「は？」

「今夜も期待してて」

「仕事中になんの話をしてるの？」

薄々わかってはいるけれど、けん制の意味で問う。

「もちろん、セ――」

「御堂くん、仕事するよ」

まったくけん制にならず慌てて言葉をかぶせると、彼はくすくす笑っていた。

その日はふたりとも直帰にして、裕一郎くんの実家に向かった。お父さまと南波さんに対峙《たいじ》するのだ。

どうやら裕一郎くんには策があるらしく、私は彼にすべてを委ねることにした。

私たちが到着した頃にはすでに南波さんがいて、出迎えてくれたお手伝いの木村さんが眉をひそめている。

「おふたりは別れませんよね。嫌ですよ、私」

彼女も私たちの関係を歓迎してくれているのだと知り、力をもらった気分だ。

「もちろん、離しません。木村さんが一番、俺たちの仲のよさをご存じでしょう？」

「よかった……。エリザベスちゃんは元気ですか？」

裕一郎くんが家を空けるときは、木村さんが世話をしてくれていたのだ。

「ベスは元気いっぱいで、相変わらずぷくぷくしてます。今度連れてきますね」

裕一郎くんがそう言うと、木村さんは白い歯を見せた。

木村さんに案内されて奥座敷へ進むと、南波さんの笑い声が聞こえてくる。お父さまとはよい関係を築いているようだ。

「さてと。香乃子を傷つけた代償を払ってもらうとするか」

裕一郎くんを怒らせたら怖い。口調は軽めなのに、背筋が凍りそうな黒いオーラが漂っている。

「裕一郎です」

大きく息を吸い込んだ裕一郎くんは、私の手をしっかり握ってから障子の向こうに声をかけた。

「入りなさい」

お父さまの声が聞こえてきて、緊張が走る。いよいよだ。

「失礼します」

手をつないで現れた私たちを見た南波さんが、あからさまに顔をしかめる。裕一郎くんの離婚宣言を聞くつもりで来ているだろうから、そうなるのも仕方がない。

「彼女は必要か？」

座卓を挟み南波さんの対面に座るお父さまに侮蔑の眼差しを送られてひるみそうになったけれど、あえて笑顔を作る。

「もちろんです。私の妻ですから」

裕一郎くんの返事に、お父さまは眉をひそめ、南波さんは小さくため息をついた。

南波さんの隣にひとつだけ用意されていた座布団を手にして、彼女の九十度の位置に移動させた裕一郎くんは、私にそれを譲り隣に正座する。

「私は離婚の話を聞くために、時間を作ったのだが」

お父さまは直接的な言葉で苦言を呈する。すると裕一郎くんは表情を凍らせた。

「私は離婚するとはひと言も申しておりません」

「まだわからんのか。その女の父親は、犯罪者だ。三友さんが大きな被害を被っている。そんな女を関家の嫁だとは断固認めん」

お父さまは座卓をどんと叩き威圧するが、裕一郎くんは顔色ひとつ変えない。

「私は御堂家の人間です。それに、関家の世間体なんてどうでもいい」

「お前は私の息子だ！」

「そうですね。息子ですが、ビジネスの駒ではありません」

淡々と語る裕一郎くんだけれど、かなり怒っているのがわかる。膝の上の手がかすかに震えているのだ。

私は裕一郎くんに変わって口を開いた。

「父の件は申し開きできません。迷惑をおかけした方には、本当に申し訳ないと思っています。でも、私は裕一郎さんと離婚する気はありません」

「離婚すると言ったはずだ。今さら撤回されては、迷惑だ」

気持ちを吐露すると、即座にお父さまに言い返される。けれど、ひるんだりはしない。

「なんとおっしゃられても、この気持ちだけは曲げません。私は……誰かに恥じなければならないような生き方をしてきたつもりはありませんから。父のことで裕一郎さんが責められるようなことがあれば、私が守ります」

どうやって守ったらいいのかわからないくせして、大口を叩いているのは自覚している。けれど、私が矢面に立てば済むなら喜んでする。

もう一度あの苦痛を味わうのは怖い。でも、裕一郎くんを守れるなら……彼と同じ人生を歩いていけるなら、どんなことだってできる。

彼がくれる愛が、心の傷なんてすぐに癒やしてくれるから。

裕一郎くんは、膝の上の私の手を握る。この手の温もりがある限り、私は強く生きていける。

「香乃子の優秀さは、耳に入っているのでは？　父親がどうであれ、彼女には関係ありません」

「いつまで甘いことを言っているんだ。会社のトップは、すねに傷を持っていては務まらん。その女のせいで苦しむときが来るんだ」

私もずっとそう思っていた。でも、それを知っても私の努力をきちんと評価してくれる仲間や上司もいる。

「ご自分には傷がないような言い方ですね。気に入らないことがあれば恫喝《どうかつ》して黙らせ、ときには適当な理由で首を切る。理不尽な社長の行為に怒りを抱いている人が、たくさんいます。少なくとも八人から話を聞いていますし、証拠をお持ちの方もいる。集団訴訟でもしましょうか。ああ、マスコミに流したほうが早いか」

裕一郎くんは涼しい顔で言い放った。

まさか、社長のパワハラ行為を証言できる人にあたっているとは思わなかった。

「お前はどっちの味方だ」

「どっち？　自分の味方です。私が正しいと思う道を進みます」

ああ、私の旦那さまはこんなに頼もしい人なんだ。

脅しに屈せず、信念を貫く人の妻として誇らしい。

「お前はなにもわかっていない。南波さんを怒らせては、我が社は破綻の道を進むんだぞ」

お父さまは険しい表情の南波さんに視線を送って言う。

「縁談はお断りしましたよね。それと、三友銀行が融資を拒否したところで破綻しませんよ。オーファンドラッグの開発費は、すでに融資の確約を得ています」

「は？」

裕一郎くんが神木さんの会社との仮の契約書を示すと、寝耳に水のお父さまは目を見開いている。

「ほかの銀行も、新薬の開発が頓挫するという噂が嘘だとすぐに気がつくでしょう。三友銀行さんには手を引いていただいても構いませんよ」

「えっ……」

南波さんが泣きそうな声を発した。それほど裕一郎くんのことが好きで、結婚したいのだろうか。

「既婚者に結婚を迫るなんて、それこそ南波家の恥ではありませんか？　まあ、南波さんが私との結婚に執着する理由はわかっておりますが」

そう言った裕一郎くんは、ジャケットの内ポケットから写真を取り出し座卓に置いた。

「ホストクラブ通いは、ほどほどになさったほうが」

「あっ……」

南波さんが慌てて写真をひったくり、握りつぶす。

「まだありますけど」

裕一郎くんは泥酔した様子の南波さんが金髪の男性とキスをしている写真を掲げた。

「やめて」

それもひったくった南波さんは、うつむいて唇を噛みしめた。

「ちょっと貢ぎすぎたんですね。頭取に言えない借金がおありだ。俺との結婚にこだわるのは、うちの金を自由に使いたいからでしょう。それなりに財産のある家に嫁がないと、ホストクラブには通えないでしょうし」

南波さんが裕一郎くんをあきらめない理由が意外すぎて、開いた口がふさがらない。

「そんなにホストがお好きなら、その方と結婚されてはいかがですか？　私はこんな人のために、大切な女を手放すほどばかじゃない」

怒りを纏った裕一郎くんの声に、南波さんはビクッと肩を震わせる。

「この件は、頭取の耳に入れて――」

「それだけはやめて」

顔を真っ青にした南波さんが懇願するも、裕一郎くんは首を横に振る。

「香乃子を傷つけておいて、自分は無傷で済むと思っていらっしゃるのですか？」

「ごめんなさい、謝りますから」

南波さんは頭を下げるけれど、自己保身のための謝罪なんていらない。

「そんなうわべだけの謝罪は受け入れません。もう手遅れですよ。同じ写真をご自宅にお送りしておきましたので、そろそろ頭取が写真をご覧になっている頃かと」

「えっ……」

「早くお帰りになったほうがよろしいのでは？」

裕一郎くんが促すと、南波さんは立ち上がり部屋を出ていこうとする。

「待て。二度と香乃子に近づくな」

丁寧な言葉遣いから一転、裕一郎くんは怒りたっぷりの声をぶつける。

「は、はい。申し訳ありませんでした」

半泣きの南波さんは、深々と頭を下げて出ていった。

裕一郎くんは放心しているお父さまに視線を向ける。

「次は、社長です。あなたが私の結婚相手に南波さんを推すのは、私を意のままに操りたいという実に勝手な気持ちからですよね。母さんを支配したように、私のことも支配したかった」

「息子が親の意見を尊重するのはあたり前だ」

お父さまが悪びれるふうもなく驚いた。お母さまへのモラハラがあったと聞いていたけれど、裕一郎くんのことも威圧していたのだろう。

「尊重？　自分の言うことを聞かせたいだけですよね。でも私が反発するから、会社にとって不利益になる嘘の噂まで流して従わせようとした。ご自分の異常さに気づいてください」

裕一郎くんが厳しい言葉をぶつけると、お父さまは目をつり上げる。

「社長がしていることは、立派な犯罪、背任行為です。弁護士に相談していますので、それなりの覚悟をしておいてください」

「なにを勝手な。そんな証拠どこにある」

いそうです」

「専務が社長の指示で嘘を流したと、口を割りました。沈みゆく泥船には乗りたくな

「は……」

「信頼のない支配だけの関係なんてそんなものでしょう。簡単に寝返る。罪を犯した父親の件を持ち出して香乃子を追い詰めたようですが、あなたも同じ穴の狢《むじな》だ。俺も、香乃子と同じ犯罪者の息子になった。でも、俺たちは絶対に負けない。正しいと思う道をひたすら進んでいく」

『私』から『俺』に変化した。裕一郎くんは今、社長ではなく父親と向き合っていると感じる。

「お前、父親を裏切るのか！」

「だから、正しい道を進もうとしてるだけだ。息子に嘘をつかせて犯罪の片棒を担がせるのが父親なのか？　あなたは、会社を私物化しすぎた。製薬会社のトップとしての矜持《きょうじ》はどこにあるんだ。会社は俺が守っていく。あなたにはもうなにも残らない。名声も会社も……家族も」

これは裕一郎くんの心からの叫びだ。

自分の欲だけを追い求めてきたお父さまが失うものは計り知れない。周囲を気遣う

ことを忘れたお父さまには、この先孤独だけが待ち構えている。

裕一郎くんの言葉がようやく胸に届いたのか、はたまた厳しい現実に気づいたからか、お父さまは黙り込んだ。

「香乃子に、謝っていただけますか？」

「裕一郎くん」

私のことより親子のわだかまりをなんとかしなければと思い彼の腕を握ったけれど、彼はかすかに首を横に振るだけ。お父さまをじっと見据えて、怒りの武装を解かない。

「俺にとって一番大切な人を、あなたは傷つけたんだ」

裕一郎くんは唇を噛みしめる。自分より私のことについて怒りを抱いている様子から、深い愛情を感じた。

「……申し訳ない」

お父さまが小声でぼそりとつぶやいた。ようやく耳に届く程度の声量だったが、いつなんどきも優位に立ちたいプライドの高いお父さまにとっては、勇気を振り絞った謝罪なのかもしれない。

「聞こえません。香乃子が負った痛みは、そんなもんじゃない」

しかし裕一郎くんは許さない。

私のことだけであればもう十分だ。けれど、きっと彼はお母さまの心の傷も背負っている。そして彼自身のそれも、もちろん。

私も自分の父に謝罪されたが、あっさり許すことが父のために正しいことなのかわからなかった。今もその答えは出ておらず、きっと一生かけて考えていくことになるだろう。

裕一郎くんも同じなのではないだろうか。

厳しい言葉を浴びせて簡単に許さないことで、お父さまにもうここで踏みとどまってほしいという気持ちがあるに違いない。裕一郎くんが寛容さを見せて許したら、お父さまはまた同じことを繰り返す。

「申し訳なかった」

お父さまは今度は畳に手をつき、深々と頭を下げる。それを凝視している裕一郎くんの目に、うっすらと涙が浮かんでいた。

「息子とその妻に頭を下げるなんて、屈辱ですよね。でも、この痛みは忘れないでください。失礼します」

裕一郎くんは私の手を取り、実家を出た。

車に乗り込んだものの、彼はエンジンをかけることも忘れてしばらく放心している。

私も黙ったまま隣に座っていた。

「……香乃子」

「ん？」

「本当にごめん。香乃子を傷つけてしまった」

裕一郎くんは改めて謝るけれど、もちろん彼のせいではないし、できることは全部してくれた。

「大丈夫。裕一郎くんがいてくれるから」

「香乃……」

彼は少し困った顔をして私を見つめ、身を乗り出してきて抱きしめてくれる。

「ずっと離さないけど、いい？」

「ずっと離れないけど、いい？」

そう返すと、手の力を緩めた彼は口角を上げる。

「もちろん。……愛してる」

真剣な表情で愛を告白した彼は、私を引き寄せて唇を重ねた。

少し心の整理ができたのか、彼はエンジンをかけて車を走らせた。

「なあ、香乃子。なにが正解なんだろうな」

お父さまへの対応が正しかったのか、迷いがあるのだろう。

とんでもなく難しい質問を投げかけられて、しばし言葉に迷う。

「うーん。裕一郎くんの笑顔じゃない?」

「笑顔?」

「そう。これから、裕一郎くんが笑っていられるのが正解だよ、きっと」

父が犯した罪を息子みずから糾弾《きゅうだん》し会社を取り上げるなんて、きっと前代未聞。今後、少なからず裕一郎くんも苦しい場面に遭遇するだろう。

でも、私は彼が進む道が正しいと信じているし、ずっとついていく。

これから会社がどう転ぶのか、まだわからない。彼がもし社長に就任するにしても、きっといばらの道だ。お父さまが支配していた会社には問題が山積していて、大改革が必要になる。

けれど、それが正しい道であれば、どれだけ困難でも笑顔でいられる気がする。目指すゴールに向かって走ることは、つらくてもワクワクする行為のはずだから。

「そっか。そうだな。それじゃあ、香乃子は俺が笑顔にさせる」

「私は裕一郎くんに出会ってから、たくさん笑えるようになったんだよ。ありがと」

心が凍ったまま、ひたすら走り続けていた高校生の頃。彼に出会えてどれだけ救われたか。エリザベスをふたりで育てた日々が、どれだけ私の心を弾ませたか。あの時間がなかったら、きっとゴールの見えない人生に疲れて、倒れていたに違いない。

でも、裕一郎くんが与えてくれたから。たっぷりの愛と幸せを。エネルギーを補給したから、いくらでも走れそうだ。

「まったく」

「なんか変なこと言った？」

彼がため息をつくので焦る。

「かわいいことばっかり言って、俺をもてあそぶなよ」

いつ私が、もてあそんだの？

「俺だって、香乃子のおかげで笑えるようになったんだからな。責任取ってこの先もちゃんと面倒見ろよ。体で」

「最後の部分が言いたかっただけでしょ」

「バレてる」

くすくす笑う彼は、前を見据えたまま手を伸ばしてきて私の頭をポンポンと叩く。

「いい女だよ、香乃子は。最高の妻だ」

そんなふうに改めて言われると照れくさい。

適当な言葉を返そうと思い彼を見ると、真剣な表情をしていたので黙っておいた。
本気でそう思ってくれているのだと感じたからだ。
『裕一郎くんは、最高の夫です』
恥ずかしくて言えない言葉を心の中でつぶやき、しばらく彼を見つめていた。

欲しかった幸せ

お父さまと対峙してから三年半。

心地よい風に秋の兆《きざ》しを感じる、過ごしやすい季節を迎えた。

慌ただしくしているとあっという間に時間が過ぎるが、裕一郎くんと過ごす日々が心の平穏をもたらしてくれる。

「香乃、あのネクタイどこだっけ」

「急いでるときは、違うのでもいいでしょ?」

寝室から聞いてくる裕一郎くんに、リビングから返事をする。

「ダメだよ。大事な会議のときはあれって決めてるんだから」

彼が探しているのは、私がプレゼントしたヘリンボーン織りのボルドーのネクタイだ。裕一郎くん曰《いわ》く勝負ネクタイらしく、重要な会議や商談のときはあれでないと落ち着かないのだとか。

整理整頓は下手ではないのに、どこにしまい込んだのだろう。

朝食の準備の手を止めて寝室に向かうと、ウォークインクローゼットでごそごそとネクタイを探している裕一郎くんが振り返った。

「あっ、あった……」

彼はベッドの上を見て苦笑している。

「亜弓《あゆみ》。お願い、返して……」

裕一郎くんが弱々しい声で懇願した相手は、私たちの間に生まれた一歳七カ月になる娘の亜弓だ。

「ちょっと今日は無理じゃない？ クリーニング行きね」

にこにこ顔の亜弓が、よだれがべっとりついた手でネクタイを握っているのだ。

私はベッドに上がり、亜弓を抱きしめた。

「パパの匂いがしたのかな？ でも、これは返そうね」

「パパ」

私が説得すると、亜弓は自慢げな顔でネクタイを裕一郎くんのほうに突き出した。

亜弓は優しいパパが大好きだ。

「ありがと、亜弓。パパが片づけるの忘れてたんだな……。今日は別のをつけていくよ」

裕一郎くんはしわになったネクタイを見て肩を落としているものの、亜弓の頭を優しく撫でた。デレデレなのだ。

「亜弓、ご飯できたよ。食べようね」

今朝は彼女が好きなフレンチトーストだ。

「香乃、代わるから準備しておいで」

「うん、ありがと」

私から亜弓を受け取った裕一郎くんは、「おいしいご飯食べような」と話しかけながらリビングに向かった。

私も着替えたあと朝食を済ませ、ふたりで亜弓を会社近くの保育園に送る。そして出勤だ。

あれからお父さまはすべての過ちを認め、臨時株主総会で代表取締役を解任された。そして、天邦製薬の一切から手を引いた。

お父さまの周辺を固めていた人たちも辞任し、取締役は一新された。裕一郎くんは新しい取締役のひとりに名を連ね、最年少での就任に業界がざわついた。

現在の社長は、別の会社から引っ張ってきた優秀な人だけれど、裕一郎くんが近い将来そのイスに座ることは暗黙の了解となっている。

頓挫しそうだったオーファンドラッグの開発も、着々と進んでいるようだ。

そして私は、変わらず一課で働いている。仕事に育児とてんてこ舞いだけれど、裕一郎くんがよきパパで、積極的に亜弓にかかわってくれたり家事をしてくれたりするので、とても助かっている。

会社の玄関で裕一郎くんと別れ、一課に向かった。すると課長に昇進した野呂さんが話しかけてくる。

「真野、寝不足か？」

「くま消えてませんよね……。すみません」

コンシーラーで隠してみたけれど、隠しきれていないかもしれない。裕一郎くんも盛んに心配していた。

「頑張りすぎじゃないのか？　御堂が稼ぐだろうから、真野は仕事辞めたって……」

亜弓を授かったとき、そうすることも考えた。これから裕一郎くんはますます忙しくなるのだから、妻として支えるべきかもしれないと。けれど、裕一郎くんとよく話し合い、仕事は続けることにしたのだ。

「私、御堂くんの活躍をそばで見ていたいんです。彼が導く成功の歯車のひとつになりたいですし」

裕一郎くんの会社を背負う覚悟は、相当強い。

お父さまの背任行為が明るみに出たとき、息子の彼は私のときと同じように批判の矢面に立たされた。しかし、一課の人たちが盾となって彼を守り、彼もまた改革への道筋の根拠をきちんと示したことで信頼を得て今がある。

そんな姿を見ていたら、私もそばで一緒に闘いたいと思ったのだ。

私がそう答えると、野呂さんはなぜか頬を緩める。

「どうしたんです――」

「真野さんがそんなふうに思ってくれていたなんて、俺、感激です」

背後から話しかけてきたのは、裕一郎くんだ。彼が来たのが見えたので、野呂さんは笑っていたらしい。

「そのキャラ、もうやめて」

もう皆、ずっと年上の取締役ですら引っ張る裕一郎くんの敏腕ぶりを嫌というほど知っているのに。私の忠犬なんかじゃないことを。

「いいじゃないか。有能な取締役も、妻の尻に敷かれてるとよくわかって」

「断じて尻に敷いてません！」

野呂さんに茶化されてむきになる。

「それで、なんで突然来たの？」

取締役のフロアは別の階なので、滅多に顔を出さないのに。

「そうだ」

途端に表情を引き締めた彼は、「皆さん、聞いてください」と声をあげた。

部屋に響いていたキーボードを打つ音がぴたりと止まり、すっかり取締役の顔をした裕一郎くんに視線が集まる。

「例のT細胞急性リンパ性白血病治療薬ですが、第I相試験に入れることに決まりました」

裕一郎くんが中心になって進めてきたオーファンドラッグだ。

第I相試験とは、実際に人に使用して安全性や有効性の確認をする臨床試験の第一段階にあたる。まずは健康な成人に投与して、データを集めるのだ。

ここまで進まずに開発中止となる薬も珍しくなく、順調に進んでいるといっていい。もちろん、この治験で開発断念となることもあるため、まだ気は抜けないけれど。

「やったじゃないか」

野呂さんがねぎらいの声をかけている。

「皆さんが支えてくださったおかげです。まずは一課の大学病院の担当者に、治験の協力をお願いしたい。開発部に説明会を頼んでありますので、出席してください」

治験は治験コーディネーターが主となって行うのでMRは直接関与しないが、知っておくべきことはたくさんある。

「了解！」

皆、快く返事をした。

この雰囲気のよさも団結力も、裕一郎くんが一課に残していった財産だ。

彼は野呂さんと説明会の日時の細かな打ち合わせをしたあと、なぜか私の手を引っ張り廊下に連れていく。

「な、なに？」

「今日は俺が亜弓を迎えに行く。香乃は直帰して少しでも休んで」

目の下のくまを心配しているようだ。

「大丈夫だよ」

「ダメだ。香乃子にはずっと支えてもらいたいから、無理させられない。さっき野呂さんに直帰の許可もらったから。野呂さんもそうしろって」

なんと根回しが早い。

「そっか。お言葉に甘えさせてもらおうかな」

今月のノルマはすでに達成しているし。

「食彩亭《しょくさいてい》の弁当買ってくから、寝てろよ」

「やった。楽しみ」

野上総合病院の救命の堀田先生お薦めの弁当屋さんには、かなりお世話になっている。亜弓もあそこのだし巻きたまごが大好物だ。

「うん、それじゃあ……」

少し名残惜しそうに去っていこうとする裕一郎くんを、今度は私が引き止めた。

「どうした？」

「フェーズI、おめでとう。あきらめなくてよかったね」

彼が意思を貫いたから、第I相試験までたどり着けた。薬を待ち望む患者さんにも朗報のはずだ。

「ありがと。香乃子がいなければ、あきらめてたかもしれないな。香乃子は、俺の……いや天邦製薬の救世主だ。必死に生きる香乃子の姿が、俺を変えたんだよ」

「そっか。光栄です」

大げさに言っているのはわかっている。でも、うれしい言葉はありがたくもらっておくことにした。

「だけど、ひとつだけ不満なんだよな」

「なに？」

「香乃子、俺の秘書にならない？　帰るまで香乃子の顔が見られないなんて……ガス欠になりそう」

ガス欠って……。

バリバリ働いているくせに、なにを言っているんだか。

「すました顔しておしとやかに秘書なんかできるわけないでしょ」

秘書という仕事に向いていない自覚がある。

「おしとやかじゃなくていいからさ。時々俺を抱きしめてくれれば」

「それ、秘書じゃないよね」

冷静につっこみを入れると、彼は残念そうな顔をする。

「くそ……。早く仕事終われ。亜弓にも会いたい」

「頑張ってね、パパ」

そう言うと、彼はいきなり私を抱きしめた。

「ちょっ……」

「大丈夫。誰も見てない」

こういうところは、しっかりしてる。

「なあ、〝頑張ってね、裕一郎〟も追加して」

私が呼び捨てで呼ぶのはベッドの中だけなのに。

「……頑張ってね、裕一郎」

日々仕事に邁進する彼へのちょっとしたご褒美だと思いきると、体を離した裕一郎くんは目を見開いている。

「やばい。変なスイッチ入った」

「仕事のスイッチ入れなさい！」

慌てて返すと、彼は「はい、すみません」と後輩の顔で渋々返事をした。


その日は裕一郎くんの言葉通り、営業先のクリニックから直帰した。

玄関まで、のそのそとお迎えに来てくれたエリザベスを抱き、キッチンに向かう。

「裕一郎くんも亜弓もいないと、静かすぎて寂しいね」

――ニァーオ。

わかっているのかいないのか、ベスはちょっと低い声で鳴く。

「ベスが私と裕一郎くんをつないでくれたんだよ。ありがと」

あの日、エリザベスのか細い鳴き声に気づかなければ、こんな幸せな日はやってこなかった。

そう思うと、ベスは恩人だ。いや、恩猫？

餌を出してやりながら話しかけたが、夢中で食べ始めたベスはまったく聞いていなそうだ。

寝不足の私は、ふたりが帰宅するまでベッドで横になることにした。

ちょっとだけうとうとするつもりだったのに、すぐに眠気が襲ってきて、深い眠りに落ちていった。

「……ん？」

ふと目を覚ますと、背中から裕一郎くんに抱きしめられていて驚く。

さらには、亜弓が私の胸にぴったりと顔を寄せて眠っており、その向こうにはベスまで丸くなっているので、なんだかほっこりした。

「起きた？」

「ごめん、ぐっすり寝ちゃってた」

顔だけ裕一郎くんのほうに向けて言う。

「いいんだよ。香乃子は頑張りすぎだから。亜弓がママの隣で寝るって聞かなくて……」

「うん、かわいい顔して寝てる」

少し汗をかいている亜弓の前髪をそっとよけてやる。

「なんか、こういうの幸せだな」

裕一郎くんの意見に同意だ。

なんでもない日常のひとコマかもしれないけれど、きっと私たちが一番望んでいた
穏やかな時間がここにある。

「うん。すごく幸せ」

そう返すと、唇が重なった。

END

あとがき

ふたつの顔を使い分ける裕一郎と、バリキャリ香乃子のお話はいかがでしたでしょうか。裕一郎の愛がだだ漏れでしたね。間違いなく愛し合っているのに、自分以外のことで思い悩み、なかなか素直になれないのは切ないですが、ふたりは信念を貫いて幸せをつかみました。

置かれた環境によって、同じことを成し遂げるにも容易にできる人とそうでない人がいます。香乃子の大学進学もそうですよね。できれば苦労はしたくありませんが、香乃子は苦労したからこそ人としてのいろんな魅力を身につけたのかな、なんて思います。

苦しいときは隣の芝生が青く見えますが、そのお隣さんはまた別の芝生が青く見えているのかもしれません。周囲の人と自分を比べないのが一番ですが、どうしても嫉妬してしまうこともありますよね。でも、あなたに嫉妬しているまた別の誰かがいるんです、きっと。だからあまり気にしすぎず、時々自分を褒めてあげて、自分のご機嫌を取りながら前に進みませんか？　私はちょっと高めのアイスでご機嫌取りをしています。とってもチョロい……。

あまりくわしくは書けませんが、私も以前、男性ばかりの職場で働いておりました。最初に入社した会社ではその職に就く女性は私が初めてで、自分が失敗したら女性の採用がなくなるかもしれないというプレッシャーと闘いながらの勤務でした。もともと同業他社も男性ばかりで、努力ではどうにもならない理不尽な経験もしましたね……。結局、ステップアップする形で同業界内で転職しましたが、そこでもその営業所の女性は私だけ。ただ、最初の会社よりはのびのびと働かせていただきました。最近は女性が増えているようですが、性差だけで勝手に能力を推しはかるのはやめてもらいたいところです。とはいえ、そうした環境で揉まれたことで、わりといろんなことに動じなくなった気がします。腹が立つことがあっても、今に見てろよとひそかに闘志を燃やしたりして。怖いな、私。(笑) 皆さんもこっそり闘志を燃やしましょう。そして皆で幸せをつかみましょう!

佐倉伊織《さくらいおり》

佐倉伊織先生への
ファンレターのあて先

〒104-0031
東京都中央区京橋1-3-1
八重洲口大栄ビル7F
スターツ出版株式会社　書籍編集部　気付

佐倉伊織先生

本書へのご意見をお聞かせください

お買い上げいただき、ありがとうございます。
今後の編集の参考にさせていただきますので、
アンケートにお答えいただければ幸いです。

下記URLまたは二次元コードから
アンケートページへお入りください。
https://www.ozmall.co.jp/enquete/IndexTalkappi.aspx?id=2301

ドSな年下御曹司が従順ワンコな仮面を被って迫ってきます
～契約妻なのに、これ以上は溺愛致死量です！～

2025年1月10日　初版第1刷発行

著　者　佐倉伊織
©Iori Sakura 2025
発行人　菊地修一
デザイン　カバー　フジイケイコ
フォーマット　hive & co.,ltd.
校　正　株式会社鷗来堂
発行所　スターツ出版株式会社
〒104-0031
東京都中央区京橋1-3-1　八重洲口大栄ビル7F
TEL　03-6202-0386（出版マーケティンググループ）
TEL　050-5538-5679（書店様向けご注文専用ダイヤル）
URL　https://starts-pub.jp/
印刷所　大日本印刷株式会社

Printed in Japan

ISBN 978-4-8137-1684-6　C0193

ベリーズ文庫 2025年1月発売

『ドSな年下御曹司が従順ワンコな仮面を被って迫ってきます～契約妻なのに、これ以上は溺愛致死量です！～』佐倉伊織《さくらいおり》・著

製薬会社で働く香乃子には秘密がある。それは、同じ課の後輩・御堂と極秘結婚していること！　彼は会社では従順な後輩を装っているけれど、家ではドSな旦那様。実は御曹司でもある彼はいつも余裕たっぷりに香乃子を翻弄し激愛を注いでくる。一見幸せな毎日だけど、この結婚にはある契約が絡んでいて…⁉

ISBN 978-4-8137-1684-6／定価836円（本体760円＋税10%）

『一途な海上自衛官は時を超えた最愛で初恋妻を離さない～100年越しの再愛～【自衛官シリーズ】』皐月《さつき》なおみ・著

小さなレストランで働く芽衣。そこで海上自衛官・晃輝と出会い、厳格な雰囲気ながら、なぜか居心地のいい彼に惹かれるが芽衣は過去の境遇から彼と距離を置くことを決意。しかし彼の限りない愛が溢れ出し…「俺のこの気持ちは一生変わらない」――芽衣の覚悟が決まった時、ふたりを固く結ぶ過去が明らかに…⁉

ISBN 978-4-8137-1685-3／定価836円（本体760円＋税10%）

『御曹司様、あなたの子ではありません！～双子がパパそっくりで隠し子になりませんでした～』伊月《いづき》ジュイ・著

双子のシングルマザーである楓は育児と仕事に一生懸命。子どもたちと海に出かけたある日、かつての恋人で許嫁だった皇樹と再会。彼の将来を思って内緒で産み育てていたのに――「相当あきらめが悪いけど、言わせてくれ。今も昔も愛しているのは君だけだ」と皇樹の一途な溺愛は加速するばかりで…⁉

ISBN 978-4-8137-1686-0／定価825円（本体750円＋税10%）

『お飾り妻は本日限りでお暇いたします～離婚するつもりが、気づけば愛されてました～』華藤《かとう》りえ・著

名家ながら没落の一途をたどる沙織の実家。ある日、ビジネスのため歴史ある家名が欲しいという大企業の社長・瑛士に一億円で「買われる」ことに。愛なき結婚が始まるも、お飾り妻としての生活にふと疑問を抱く。自立して一億円も返済しようとついに沙織は離婚を宣言！　するとなぜか彼の溺愛猛攻が始まって⁉

ISBN 978-4-8137-1687-7／定価825円（本体750円＋税10%）

『コワモテ御曹司の愛妻役は難しい～演技のはずが、旦那様の不器用な溺愛が溢れてます⁉～』冬野《とうの》まゆ・著

地味で真面目な会社員の紗奈。ある日、親友に頼まれ彼女に扮してお見合いに行くと相手の男に襲われそうに。助けてくれたのは、勤め先の御曹司・悠吾だった！紗奈の演技力を買った彼に、望まない縁談を避けるためにと契約妻を依頼され⁉見返りありの愛なき結婚が始まるも、次第に悠吾の熱情が露わになって…。

ISBN 978-4-8137-1688-4／定価836円（本体760円＋税10%）

ベリーズ文庫 2025年2月発売予定

Now Printing

『タイトル未定（パイロット×偽装結婚）』若《わか》菜《な》モモ・著

大手航空会社ANNの生真面目CA・七海は、海外から引き抜かれた敏腕パイロット・透真がちょっぴり苦手。しかしやむを得ず透真と同行したパーティーで偽装妻をする羽目になり…!?　彼の新たな一面を知るたび、どんどん透真に惹かれていく七海。愛なき関係なのに、透真の溺愛も止まらず翻弄されるばかりで…！

ISBN 978-4-8137-1697-6／予価814円（本体740円＋税10%）

Now Printing

『元カレ救命医に娘ともども愛されています』砂川雨路《すながわあめみち》・著

OLの月子は、大学の後輩で救命医の和馬と再会する。過去に惹かれ合っていた2人は急接近！　しかし、和馬の父が交際を反対し、彼の仕事にも影響が出るとを知った月子は別れを告げる。その後妊娠が発覚し、ひとりで産み育てていたところに和馬が現れて…。娘ごと包み愛される極上シークレットベビー！

ISBN 978-4-8137-1698-3／予価814円（本体740円＋税10%）

Now Printing

『冷徹御曹司の旦那様が「君のためなら死ねる」と言い出しました』葉月《はづき》りゅう・著

調理師の秋華は平凡女子だけど、実は大企業の御曹司の桐人が旦那様。彼にたっぷり愛される幸せな結婚生活を送っていたけれど、ある日彼が内に秘めていた"秘密"を知ってしまい——！　「死ぬまで君を愛することが俺にとっての幸せ」溺愛が急加速する桐人は、ヤンデレ気質あり!?　甘い執着愛に囲われて…！

ISBN 978-4-8137-1699-0／予価814円（本体740円＋税10%）

Now Printing

『鉄仮面の自衛官ドクターは男嫌いの契約妻にだけ激甘になる【自衛官シリーズ】』晴《はる》日《ひ》青《あお》・著

元看護師の律。4年前男性に襲われかけ男性が苦手になり辞職。だが、その時助けてくれた冷徹医師・悠生と偶然再会する。彼には安心できる律に、悠生が苦手克服の手伝いを申し出る。代わりに、望まない見合いを避けたい悠生と結婚することに!?　愛なきはずが、悠生は律を甘く包みこむ。予期せぬ溺愛に律も堪らず…！

ISBN 978-4-8137-1700-3／予価814円（本体740円＋税10%）

Now Printing

『秘め恋10年～天才警視正は今日も過保護～』藍里《あいさと》まめ・著

何事も猪突猛進！な頑張り屋の葵は、学生の頃に父の仕事の関係で知り合った十歳年上の警視正・大和を慕い恋していた。ある日、某事件の捜査のため大和が葵の家で暮らすことに!?　"妹"としてしか見られていないはずが、クールな大和の瞳に熱が灯って…！　「一人の男として愛してる」予想外の溺愛に息もつけず…！

ISBN 978-4-8137-1701-0／予価814円（本体740円＋税10%）

タイトル、価格等は変更になることがございますのでご了承ください。

ベリーズ文庫 2025年2月発売予定

Now Printing

『ベリーズ文庫溺愛アンソロジー』

人気作家がお届けする〈極甘な結婚〉をテーマにした溺愛アンソロジー第2弾！　「滝井みらん×初恋の御曹司との政略結婚」、「きたみ まゆ×婚約破棄から始まる敏腕社長の一途愛」、「木登×エリートドクターとの契約婚」の3作を収録。スパダリに身も心も蕩けるほどに愛される、極上の溺愛ストーリー！

ISBN 978-4-8137-1702-7／予価814円（本体740円＋税10%）

Now Printing

『捨てられた恥さらし王女、闇落ちした異国の最恐王子に求婚される』朧月《おぼろづき》あき・著

精霊なしで生まれたティアのあだ名は"恥さらし王女"。ある日妹に嵌められ罪人として国を追われることに！　助けてくれたのは"悪魔騎士"と呼ばれ恐れられるドラーク。黒魔術にかけられた彼をうっかり救ったティアを待っていたのは——実は魔法大国の王太子だった彼の婚約者として溺愛される毎日で!?

ISBN 978-4-8137-1703-4／予価814円（本体740円＋税10%）

ベリーズ文庫with 2025年2月発売予定

Now Printing

『君の隣は譲らない』佐倉伊織《さくらいおり》・著

おひとりさま暮らしを満喫する26歳の万里子。ふらりと出かけたコンビニの帰りに鍵を落とし困っていたところを隣人の沖に助けられる。話をするうち、彼は祖母を救ってくれた恩人であることが判明。偶然の再会に驚くふたり。その日を境に、長年恋から遠ざかっていた万里子の日常は淡く色づき始めて…!?

ISBN 978-4-8137-1704-1／予価814円（本体740円＋税10%）

Now Printing

『恋より仕事と決めたのに、エリートな彼が心の壁を越えてくる』宝月《ほうづき》なごみ・著

おひとり様を謳歌するため、憧れのマンションに引っ越したアラサーOL・志都。しかし志都が最も苦手とするキラキラ爽やか系エリート先輩・昴矢とご近所になってしまう。極力回避したかったのに…なぜか昴矢と急接近!?　「君を手に入れるためなら、悪い男になるのも辞さない」と不器用ながらも情熱的な愛を注がれて…！

ISBN 978-4-8137-1705-8／予価814円（本体740円＋税10%）

タイトル、価格等は変更になることがございますのでご了承ください。